Ex Libris

Renate Steinchen

Das Berliner Weihnachtsbuch

Traditionelle Geschichten, Gedichte, Rezepte
und Gebräuche zur Weihnachtszeit

Mit Illustrationen von Don-Oliver Matthies

Jaron Verlag

2. Auflage 2003

Umschlaggestaltung: Herrlich & Herrlich, Berlin,
unter Verwendung einer Illustration von Don-Oliver Matthies
Druck und Bindung: Thomasdruck, Leipzig
ISBN 3-89773-074-X

Inhalt

Berliner Traditionen 6

Geschichten 34

Der Weihnachtsmarkt 18

Lieder und Gedichte 48

Weihnachtsmenü 66

Festliches Gebäck 28

Briefe 58

Quellennachweis 80

Berliner Traditionen

Wie soll man diese berlinische Mischung aus marktschreierischem Elan, aus religiös-festlicher Andacht und echter Vorfreude auf Tannenduft, Gänsebraten und Rodelpartien beschreiben? Im alten Berlin war das wichtigste Ereignis zur Winterszeit der Weihnachtsmarkt. Auf dem Weihnachtsmarkt verdichtet sich Berliner Mentalität, Witz, Neugierde, Geschäftstüchtigkeit und Sentimentalität. Die lebendige Budenstadt mit ihren fliegenden Händlern, das Schieben und Drängeln in der Menge erinnern an die unchristlich-wilden Sitten, die sich noch im 19. Jahrhundert in der Mark Brandenburg und in Teilen Berlins als unausrottbar erwiesen.

Elemente heidnischen Brauchtums und christlicher Traditionen haben sich unentwirrbar vermischt, so daß ihre historischen Ursprünge nicht zurückverfolgt werden können.

Die Geburt des Heilands un die mittwinterlichen Feiern mit Tannengrün und Lichterglanz ergeben eine Mischung, die bis heute das Weihnachtsfest prägt. Die länger werdenden Tage wurden ausgiebig gefeiert mit Sonnenwendfeiern, immergrünen Zweigen, mit der Vertreibung der Dämonen der Finsternis und der Beschwörung der alten Götter, die um Fruchtbarkeit und fette Ernte angefleht wurden.

Volkstümliche Mysterienspiele und Umzüge auf den Straßen Berlins wurden im 18. Jahrhundert schlichtweg verboten: Die »Alfanzereien«, bei denen »ein entsetzlicher Dampf von Lichtern die Kirche erfüllt und den Prediger als den einzigen nüchternen Mann fast erstickt« hätte, führten unter Friedrich Wilhelm I., dem Soldatenkönig, 1739 zum Verbot jeglicher Christfeier.

Neben dem Weihnachtsmarkt besuchte man als besondere Attraktion weihnachtliche Ausstellungen. Nach und nach hielten christliche Heilige Einzug in den Advent: Sankt Martin mit Gänsen am 11. November, die heilige Barbara mit blühenden Zweigen am 4. Dezember, der bei Kindern beliebte Nikolaus am 6. Dezember und der heilige Thomas, der in der Nacht zum 22. Dezember für allerhand Zauber herhalten mußte. Seit Weihnachten als Geschenkfest in bürgerlichen Familien seinen festen Platz innehat, gesellten sich Weihnachtskalender, Adventskranz, Weihnachtskrippe und was es heute sonst noch an Weihnachtsbräuchen gibt, hinzu.

Weihnachten wörtlich genommen

Das Wort »Weihnachten« geht wahrscheinlich auf das mittelhochdeutsche *»ze den wîhen nahten«* – »in den geweihten Nächten« – zurück und wurde erstmals im Jahr 1170 von dem Spruchdichter Spervogel, einem fahrenden bayrischen Spielmann, in der Bedeutung der *»nox sancta«* verwendet. Die später übliche Pluralform deutet auf eine längere Festzeit hin. »Wem diese Tage und Nächte geweiht waren, welchen Zeitraum sie umfaßten, welche Handlungen und Maßnahmen sie als großer Wendetermin erforderten: das ist ein buntes Geflecht von Bräuchen und Traditionen, verändert in immer neuen gesellschaftlichen Wandlungsprozessen«, schrieb die Volkstumsforscherin Ingeborg Weber-Kellermann in ihrem 1978 erschienenen großen Buch »Das Weihnachtsfest«.

In vorchristlicher Zeit wurden die kürzesten Tage im Jahr mit Festen zur Wintersonnenwende begangen. In Nordwestdeutschland versammelten sich die Menschen zu Ehren der Göttin Tanfana in den Wäldern. Um gegen das hartnäckig-heidnische Brauchtum zur Mittwinterzeit endgültig vorzugehen, soll schon 221 der 25. Dezember als Tag der Christgeburt festgesetzt worden sein, aber erst unter Bischof Liberius wurde er für das Jahr 354 in Rom urkundlich belegt, obwohl es zu dieser Jahreszeit in Bethlehem zu kalt ist, als daß »Hirten auf dem Felde« wachen könnten. Aber erst 825 wurde die Christgeburt zur kirchlichen Feier.

Mit allerhand Zauber in der Thomasnacht vom 21. auf den 22. Dezember, der aber auch in der Christnacht Brauch war, wurde versucht, die Zukunft vorauszusagen.

Er ist gewaltic unde starc,
der ze wîhen naht geborn wart:
daz ist der heilige krist.
jâ lobt in allez, das der ist.
niewan der tievel eine
durh sînen grôzen übermuot
sô wart îme diu helle ze teile.
Spervogel, 1170

Gewaltig ist er und stark,
der zu Weihnacht geboren ward:
das ist der heilige Christ.
Es lobt ihn, was erschaffen ist,
Allein der Teufel nicht;
dem ward für seinen Übermut
zur Straf' zuteil der Hölle hart Gericht.

Decoene: Der Fasttag, nach einer Darstellung von A. H. Payne, um 1880

Adventszeit – Fastenzeit

Ungefähr so wie auf dem niederländischen Stahlstich hat man sich die adventliche Fastenzeit vorzustellen. In frühen Jahrhunderten war der Advent die mittwinterliche Wendezeit, die Zeit vor der Ankunft des Herrn, zugleich die Zeit der strengen Trauer. Bis ins 19. Jahrhundert tat man Buße und fastete. Heidnisches und christliches Brauchtum vermischten sich: Fasten sollte die vorchristlichen Dämonen der Finsternis und den Teufel als Gegenspieler Gottes gründlich austreiben.

Weihnachtszauber bei den Quitzows

Im Jahr 1889 erschien Friedrich von Klödens dreibändiger Roman »Die Quitzows und ihre Zeit«. Er spielt in der Mark Brandenburg zur Zeit Kaiser Karls IV., also im 14. Jahrhundert. Ein Kapitel handelt vom Weihnachtsfest auf Schloß Quitzhövel nahe bei Havelberg und von der Zauberei, die hier wie in vielen ländlichen Gebieten Deutschlands noch im 19. Jahrhundert lebendig war:

»Die Lichter auf dem Weihnachtsbaum wurden angesteckt und Frau Elisabeth legte auf der langen Tafel ihre Geschenke zurecht, die alle Dienstleute Weihnachten erhielten und die meistens aus Leinwand, Tuch, Schuhwerk und dergleichen bestanden … Da hörte man auf dem Flur ein wunderliches Grunzen und Brummen, schwerfällige Tritte nahten sich der Tür, und gleich darauf wurde heftig dagegen gedonnert. Man öffnete sie, Elisabeth nahm den Kleinen aus dem Arm der Wärterin, und herein trat der Rumpknecht, eine fürchterliche Figur, ganz mit Pelz bedeckt, das Gesicht mit Ruß geschwärzt und mit Ziegelrot aufgehöht, eine große abenteuerlich verzierte Pudelmütze auf dem Kopfe und eine mächtige, hier und da vergoldete Rute in der Hand. Auf seiner Schulter lag ein Stab, an welchem Äpfel, Nüsse und allerlei Bilder aus Pfefferkuchen hingen …

Es fingen mit heute die geheimnisvollen zwölf Nächte an, gewöhnlich nur kurz die Zwölfen genannt, die wohl in acht zu nehmen waren. Während derselben fliegt Frau Hare herum, in der Mark auch Frau Harke, in anderen Gegenden auch Here, Holda oder Holle genannt … Dieser Glaube stammte aus den vorchristlichen Zeiten. Die Frauenzimmer versäumten in den zwölf Nächten niemals, ihren Flachs auf dem Spinnrocken in einen Knoten zu schlingen und dafür zu sorgen, daß er noch vor Neujahr rein abgesponnen sei, weil Frau Harke sie sonst kratzt, bespeit oder besudelt …

Sehr lebendig ging es in den Stuben der Mägde zu. Man goß Blei, um aus den Figuren die Zukunft, besonders aber das Handwerk des künftigen Liebsten zu erfahren, setzte Häufchen von Asche und Salz, ließ Nußschalen, mit kleinen Wachslichtern besteckt, auf dem Wasser schwimmen, nahm ein Erbbecken und tat Müll aus vier Winkeln des Hauses hinein, um aus dem Klappern die Lebensweise des künftigen Mannes zu erfahren. Man machte die Tür auf und warf rückwärts einen Schuh über den Kopf … Andere liefen hinaus und schüttelten vor dem Schloß Zäune, daß die Hunde anfingen zu bellen. Die Gegend, von woher das Hundegebell erscholl, war die, von woher der Freier kommen würde … Die Sage behauptet, daß, wenn ein Mädchen, entblößt von allem Putze, ihr Kämmerchen säuberlich halte, so komme der Freier gewiß … Es war eben Mitternacht … Nach der Überlieferung war dies die Stunde, in welcher Christus geboren wurde; deshalb wurde sie von der Kirche festlich durch eine Messe begangen … Es ging überaus tumultarisch in der Kirche zu. Die ganze Gemeinde war ziemlich benebelt. Von je an waren die nächtlichen Gottesdienste höchst gefährliche Gelegenheiten zu Unregelmäßigkeiten und Ausschweifungen, welche die Dunkelheit nur zu sehr begünstigte. Die Kirche hatte sich daher schon früh genötigt gesehen, dem weiblichen Geschlechte den Zutritt zu den nächtlichen Gottesdiensten zu versagen, weil es dabei zu ärgsten und anstößigsten Auftritten gekommen war. Dies Verbot verlor aber immer bald seine Kraft und ungeachtet wiederholter Erneuerungen waren zuletzt immer wieder beide Geschlechter beisammen, wo es denn die neue Generation nicht anders trieb als die alte. Kein Wunder, wenn bei den meisten von keiner Andacht die Rede war. Höchstens in der Nähe der Herren hielt der Respekt die dort Versammelten in den Schranken äußerer Zucht, allein dieser Kreis reichte in dem dichten Gedränge der Gehenden und Kommenden nicht weit.«

F. Iwan: Pantoffelwerfen in Pommern, um 1880

Weihnachtliche »Alfanzereien«

Im 16. und 17. Jahrhundert fanden in Berlin wilde und teils anstößige Christfeiern statt. Grabow, der Konrektor im Grauen Kloster, bemängelt eine »in allen Gassen, wo nicht in allen Häusern« herumtanzende Menge, die sich für den heiligen Christ ausgebe, »mit Spießen und mit Stangen, mit vielen Schellen, mit großem Geschrey und mit Klatzschen der Peitsche«. Hermann Kügler, Berliner Brauchtumsforscher in den zwanziger Jahren dieses Jahrhunderts berichtet: »Die Berliner veranstalteten Höllengeräusche mit Lärminstrumenten wie dem Waldteufel«, ein »handlicher Pappzylinder, dessen eine Öffnung mit einer Schweinsblase oder Pergamentpapier bespannt ist: durch deren Mitte zieht sich ein kleiner Schweif von Pferdehaaren, der mit der feuchten Hand gestrichen wird. Oder er wird auch an einem an den Haaren befestigten Stil durch die Luft geschwungen. Dadurch entstehen laute, knarrend-brummende Töne.« Besonders toll soll es zugegangen sein beim »Kindelwiegen«, beim »Herodesspiel« und bei »Umzügen der Könige aus dem Mohrenland«. Der Lärm sollte die bösen Geister vertreiben.

Bereits unter dem ersten Preußenkönig, Friedrich I., erfolgte am 18. Dezember 1711 die Verfügung: »Weil mit denen Lichter-Cronen auf dem Christabend viel Gaukeley nicht des Abends, sondern des Nachmittags um 3 Uhr zu halten.« Friedrich Wilhelm I., der Soldatenkönig, ging noch einen Schritt weiter und ließ am 23. Dezember 1739 Weihnachtsfeiern gänzlich verbieten: »Wir vernehmen mißfällig, wie bisher noch der Gebrauch gewesen, daß am Christ-Abend vor Weihnachten Kirche gehalten, das Quem pastores gesungen worden und die Leute mit Kronen oder auch Masquen von Engel Gabriel, Knecht-Ruprecht usw. gegangen und dergleichen Alfanzereien mehr getrieben werden … So befehlen Wir euch hierdurch allergnädigst, den Tag vor Weihnachten die sämtlichen Kirchen des Nachmittags schließen zu lassen und überall in eurer Inspection scharf zu verbieten, daß so wenig die sogenannte Christ-Abend- oder Christ-Nachts-Predigten weiter gehalten noch das Quem pastores weiter gesungen oder dergleichen bisher üblich gewesene Alfanzereien mehr getrieben werden.« Schon kurz nach seinem Regierungsantritt lockerte sein Sohn, Friedrich II., den man auch den Großen nennt, das Verbot weihnachtlicher Feiern.

Neues Conversationslexikon für Potsdam und Berlin

Weihnachts-Ausstellung, 1834

(Ausstellungen) gehören zu den Weihnachtsfreuden der Berliner. Es wählen die Konditoreien, um sich die Zahl der Gäste zu vermehren, Bilder, die teils aus Berlin selbst oder aus der Umgebung genommen sind und durch mehr oder minder bei uns bekannte Figuren, mit oder ohne Beweglichkeit, belebte Darstellungen ihrer zuckerbildenden Kunst und Kraftmehl-Architektur geben, unter welchen Darstellungen die des Konditors Teichmann, die Fuchsschen durch eine lange Reihe von Jahren sich als die besten bewährt haben, hauptsächlich durch die Treue, mit der sie gewisse, durch ihre Persönlichkeit sich charakterisierende Berliner in Kraftmehl wiederzugeben und in ihre Darstellungen zu verpflanzen wissen. Nächst diesen wird im Diorama, außer den gewöhnlichen Gemälden, noch ein besonderes Bild bei Abend gezeigt; kleinere Dioramagemälde stellt der Kunsthändler Müller auf, oft auch andere seiner Kollegen.

Der Professor Enslen ladet öfters auch zu einer malerischen Reise im Zimmer ein, und außer diesen sich jährlich wiederholenden Kunstausstellungen gibt es deren noch mehrere und auch viele andere Sehenswürdigkeiten, die nur temporär hier die Schaulust erregen, wozu bei uns gerade die Weihnachtszeit die ergiebigste ist.

Die eleganteste Warenausstellung findet man im Diorama, wo in zwei Stockwerken in geschmackvoll dekorierten Zelten, sogenannten »Boutiques à prix fixe«, die größte Auswahl aller möglichen Weihnachtsgeschenke und zu den verschiedensten Preisen aufgestellt ist … Und da bei uns kein Fest bestehen kann, woran der Arme nicht auch Teil nimmt, so fehlt es auch nicht an solchen Ausstellungen von geschenkten Gegenständen, meist Arbeiten schöner Hände, die alsdann zu wohltätigen Zwecken verkauft werden. Überhaupt sind um diese Zeit alle Läden, namentlich in der Nähe des Weihnachtsmarktes, aufs Zierlichste aufgeputzt und alle ihre Warenlager bieten dann wirkliche Warenausstellungen dar.

Weihnachtsmarkt, 1830

Fahnen zum Kauf!
Pyramiden zu Hauf!
Knarren, schnurrt um!
Waldteufel, brumm!

Herbei zum Kauf! Geschwind heran
Beim Strahlenglanz der Kerzen;
Hier kaufen Sie, mein lieber Mann,
Kandierte Zuckerherzen
Mit Namen nach dem Alphabet;
Charlottchen, Doris, Margareth',
S' ist lauter lockre Ware.

Heran, Mamsellschen, frisch herbei!
O, lassen Sie sich raten.
Hier schau'n Sie Fußvolk, Reiterei,
Off'ziere wie Soldaten.
Was nach Geschmack auch wählt Ihr Sinn,
S' ist alles hübsches, blankes Zinn,
In hohle Form gegossen.

Herbei, herbei doch, junge Herrn!
O, schau'n Sie hier in Gruppen,
Nach neustem Schnitt von nah und fern,
Die schönsten Mode-Puppen
Mie allerliebstem Wachsgesicht.
Obgleich so'n Balg nicht denkt und spricht,
So kann es doch hübsch schreien.

Was suchen Sie, mein schönes Kind?
Vielleicht den schmucken Jäger,
Den Müller, Gärtner, hold gesinnt,
Den flinken Schornsteinfeger?
Hier Haus-Kobold und Hampelmann,
So man am Schnürchen lenken kann,
Zur Auswahl dutzendweise.

O, schaut der Waren mancherlei!
Hier gold'ne Wehstandsruten,
Pantoffeln, Körbe noch dabei,
Auch bunt geflocht'ne Knuten.
Herbei, herbei denn, jung und alt,
Die Zeit der Hochlust schwindet bald:
Kauft frische Weihnachtsware!

Fahnen zum Kauf!
Pyramiden zu Hauf!
Knarren, schnurrt um!
Waldteufel, brumm!

Carl Seidel

Th. Hosemann: Titelseite für das achte Heft »Buntes Leben« von Adolph Brennglas, 1840

Der heilige Abend vor Weihnachten, 1795

Das Schneedach fegt des Sturmes Saus,
Die Ofenflammen zittern.
Die Kinder bleiben gern zu Haus
Und denken nicht an Schlittern;
Denn sieh, der Abend graut,
Und Ruprecht kömmt und baut
Für jedes bald ein Tischchen auf
Und legt gar schöne Sachen drauf.

Im Nebenzimmer kramt er schon
Den Quersack aus und tuschelt.
Und horch, wie sacht er itzt davon
Entlang die Wände ruschelt!
Nun hebt der Jubel an,
Die Tür wird aufgetan:
Sieh da die Tischchen, weiß gedeckt,
Voll Kerzen, grün- und rotgefleckt.

Hinein stürmt Bub und Mägdlein flugs,
Zu sehn, was ihm beschieden:
Vor allem prangt von grünem Buchs
Ein Wäldchen Pyramiden
Mit goldnen Nüssen dran;
Hier nickt ein Sägemann,
Dort grünt ein Busch mit Lämmern drin,
Bewacht von Hund und Schäferin.

Nußknacker stehn mit dickem Kopf
Bei Jud' und Schornsteinfeger.
Hier hängt ein Schrank mit Kell' und Topf,
Dort hetzt den Hirsch der Jäger.
Hier ruft ein Kuckuck, horch!
Und dort spaziert ein Storch.
Mit Äpfeln prangt der Taxusbaum
Und blinkt von Gold- und Silberschaum.

Zu Pferde paradiert von Blei
Ein Regiment Soldaten,
Ein Sansfaçon sitzt frank und frei
Gekrümmt und münzt Dukaten.
Und alles schmaust und knarrt;
Trompet' und Fiedel schnarrt.
Fern stehn die Alten, still erfreut,
Und denken an die alte Zeit.

Nun Mutter! Ob dem lieben Brauch
Sei recht vergnügt und keife
Heut abend nicht, du Vater auch,
Und bräch auch deine Pfeife
In hundert Stücken heut,
Da alles jauchzt und schreit.
Und, weil so hell der Wachsstock brennt,
Voll Freuden durcheinanderrennt.

So geht's bis in die späte Nacht,
Und selbst das Kleinste hätte
Sie ohne Schlummer gern durchwacht;
Doch Mutter ruft: Zu Bette!
Und jedes macht zur Ruh
Nur halb die Augen zu,
Und wünscht: O wär es Morgen doch!
Und sieht im Traum die Lichter noch.

Friedrich Wilhelm August Schmidt
von Werneuchen

Karl Fröhlich: Schattenrisse, um 1920

Lichter muß der Reiche und der Arme, der Gelehrte und der Soldat, der Handwerksmann und der Bauer haben: Diesen hiermit zu dienen, drehet der Lichtzieher Dochte, bestreichet sie mit Wachs und streift solche an dünnen Stäblein, tunket sie hernach in gewisse, mit zerlassenem Unschlitt gefüllte Model oder Tunkformen, so lang, bis sie dick genug sind. Gegossene Lichter brennen länger als die gezogenen, denn sie dauern bis aufs letzte Stümpflein. (Der Licht-Zieher, aus: Orbis sensualium picti, 1769)

Weihnachtsheilige und Traditionen

Nachdem die Geburt des Christkinds zur mittwinterlichen Feiertradition geworden war, folgten christliche Heilige nach. Nikolaus, Bischof in der Stadt Myra an der kleinasiatischen Küste, der vor der Reformation der Gabenbringer der Kinder war, wurde von Martin Luther durch den »Heiligen Christ« ersetzt. Keiner wußte so recht, wie der heilige Christ aussah. So sind der Nikolaus und sein Begleiter, Knecht Ruprecht, zur väterlichen Gestalt des Weihnachtsmanns verschmolzen. Ebenso schleierhaft ist, warum der 11. November, der Todestag des heiligen Martin, mit dem Schlachttag der Martinsgans verbunden wird. Allerdings erlaubt ein Gänsebraten vor der beginnenden Fastenzeit noch einmal den vollen leiblichen Genuß. Zu Ehren der Märtyrerin Barbara stellt man am 4. Dezember Zweige in eine Vase, die Glück bringen sollen, wenn sie Weihnachten blühen. Übrigens stattete nach der Überlieferung der heilige Franziskus die Krippe mit Ochs und Esel aus. Kerzen gehörten von jeher zum Weihnachtsfest. Erst im 19. Jahrhundert hielten Adventskranz, Weihnachtskalender, Weihnachtsgeschenke Einzug. Seitdem hat Weihnachten an kaum zu überbietender Innigkeit im Bürgertum gewonnen. Von einem Fest vorzugsweise außerhalb des Hauses wandelte es sich zu einer familiären Zeremonie mit Weihnachtsstube, Glöckchen, Weihnachtsmann, -baum und -braten. In den Schilderungen des Berliner Weihnachtsmarkts mit seinem Lärm und seinen Tollheiten finden sich noch Reste außerhäuslicher Festfreuden.

St. Niklas' Auszug

St. Niklas zieht den Schlafrock aus,
klopft seine lange Pfeife aus
und sagt zur heiligen Kathrein:
„Öl mir die Wasserstiefel ein,
bitte, hol auch den Knotenstock
vom Boden und den Fuchspelzrock;
die Mütze lege obendrauf
und schütt dem Esel tüchtig auf,
halt auch sein Sattelzeug bereit;
wir reisen, es ist Weihnachtszeit.
Und daß ich's nicht vergeß', ein Loch
ist vorn im Sack, das stopfe noch!
Ich geh derweil zu Gottes Sohn
und hol mir meine Instruktion."

Die heil'ge Käthe, sanft und still,
tut alles, was St. Niklas will.
Der klopft indes beim Herrgott an;
St. Peter hat ihm aufgetan
und sagt: „Grüß Gott! Wie schaut's denn aus?"
und führt ihn ins himmlische Werkstättenhaus.
Da sitzen die Englein an langen Tischen,
ab und zu Feen dazwischen,
die den kleinsten zeigen, wie's zu machen,
und weben und kleben die niedlichen Sachen,
hämmern und häkeln, schnitzen und schneidern,
fälteln die Stoffe zu niedlichen Kleidern,
packen die Schachteln, binden sie zu
und haben so glühende Bäckchen wie du!

Herr Jesus sitzt an seinem Pult
und schreibt mit Liebe und Geduld
eine lange Liste. Potz Element,
wieviel artige Kinder Herr Jesus kennt!
Die sollen die schönen Engelsgaben
zu Wehnachten haben.
Was fertig ist, wird eingesackt
und auf das Eselchen gepackt.
St. Niklas zieht sich recht warm an –
Kinder, er ist ein alter Mann –,
und es fängt tüchtig an zu schneien,
da muß er schon vorsichtig sein!

So geht es durch die Wälder im Schritt,
manch Tannenbäumchen nimmt er mit,
und wo er wandert, bleibt im Schnee
manch Futterkörnchen für Hase und Reh.
Leise macht er die Türen auf,
jubelnd umdrängt ihn der kleine Hauf:
„St. Niklas, St. Niklas,
was hast du gebracht?
Was haben die Englein
für uns gemacht?“
„Schön Ding! Gut Ding! Aus dem himmlischen Haus!
Langt in den Sack! Holt euch was raus!“

Paula Dehmel

F. Wieschebrink: St. Niklasbescherung, um 1880

Der Weihnachtsmarkt

Lärmend, verklärt und voller Urberliner Witz, mit Tand und Hausrat, mit Naschwerk und Spielzeug – so präsentierte sich alljährlich der Berliner Weihnachtsmarkt. Als Handelsort und Volksfest führt die Suche nach seinem Ursprung weit zurück in die Geschichte Berlins. Die Kunde reicht von den ersten Tagen der kurfürstlichen Residenz im 15. Jahrhundert bis zur Behauptung, er sei »so alt wie die Stadt selbst«. Verbürgt ist die Nachricht aus dem 16. Jahrhundert, daß der »hochwohllöbliche Magistrat« den Handel mit Honiggebäck und Lebkuchen gestattete. An den Weihnachtskrämerbuden vor der Nicolaikirche und der Petrikirche wurden »Syrupgebackenes und derley leckerhafte Dinge« für den Bedarf des Hofs gekauft. In späteren Jahren weitete sich der Weihnachtsmarkt vom Mühlendamm in die Breite Straße aus, weiter über den Schloßplatz und wuchs in den Lustgarten hinein. Felix Philippi berichtet 1890, daß er auf seinen vielen »weiten Reisen durch Deutschland, Italien, Frankreich und Griechenland zahllose Volksfeste in blendendem Glanze« gesehen habe, aber »etwas Liebenswürdigeres, Heimlicheres, echt Volkstümliches als den Berliner Weihnachtsmarkt« habe er »nie wieder gefunden«. Er zählt auf, was er alles sah: »Leinwand aus Schlesien und Schaftstiefel aus Kalau, Puppen mit blödsinnigen Gesichtern und einhenkelige Porzellanvasen zu intimen Zwecken, buntkarierte Bettbezüge und taubstumme Kanarienvögel, Nippesfiguren und Nerzmützen aus Lampes edlem Fell, Bratpfannen und Rückerts ›Liebesfrühling‹, Seife, die nach gebratenem Hering roch ...«
Erwartungsvolle Freude begleitete den Aufbau am 10., 11. oder 12. Dezember – je nach polizeilicher Anordnung. In der Woche vor Weihnachten war der Betrieb abends am größten. 1872 wurde die Dauer endgültig vom 11. bis zum 27. Dezember festgelegt. Die »Chronik von Berlin« aus dem Jahr 1790 meldet »250 Buden in der Breiten Straße nebst Schloßfreiheit«. Im Jahr 1803 waren es bereits 303 Buden. Fünfundzwanzig Jahre später hatte sich die Anzahl verdoppelt und stieg in den späten siebziger Jahren auf über dreitausend. Arme Leute nutzten den Weihnachtsmarkt für dringende Zusatzverdienste. Als fliegende Händler verkauften sie Waldteufel, Wollschäfchen, Weihnachtspyramiden und andere billige Waren.

Weihnachtsmarkt, 1835

Weihnachten behauptet bei uns sein altes Recht als Volksfest, wenn auch die Fortschritte in Physik und Chemie die Wunder, welche ein paar Wachskerzen auf die gläubige Kinderwelt sonst ausübten, verdrängten, und vor dem Glanz der Gasflammen in den strahlenden Kunstläden die bescheidenen Lichter der bürgerlichen Industrie in den Weihnachtsbuden matt wurden. Man hält mit Recht fest an dem einzigen und zugleich poetischen Volksfeste, welches sich von selbst gemacht hat, nachdem so viele Versuche, künstliche zu fabrizieren, gescheitert sind. Noch immer ist der Weihnachtsmarkt der Tummelplatz der gesünderen Berliner Lustbarkeit und wimmelt vom Augenblick an, wo die Lichter angezündet werden, von bewegten, frohen Gesichtern. Er ist nicht allein das Ergötzen der Kinderwelt, sondern auch der ärmeren, diensttuenden Klassen. Eine Herrschaft, welche ihren Domestiken den Gang nach dem Markte abends verweigern wollte, übte eine unerhörte Tyrannei. Die kleine Betriebsamkeit setzt ihre ganze Hoffnung auf diese eine Ernte, und ihre Bitten zum Himmel sind nur auf klares Frostwetter für die Woche vor dem Christfest gerichtet.

Es mag noch so kalt sein, die Verkäufer und Verkäuferinnen, in Pelze gehüllt, mit Kohlenbecken zu den Füßen, trotzen dem Froste. Hier hat einmal die Poesie im Verkehr den Sieg über die Industrie davongetragen; denn wie klar ließe sich beweisen, daß dieser Markt auf offener Straße bei Nachtzeit und in der ungünstigsten Jahreszeit unnütz ist, daß Verkäufer und Käufer bequemer in den Kaufläden der warmen Häuser ihre nötige Ware holen und absetzen könnten. Aber das Volk will den Weihnachtsmarkt, und er bleibt nach wie vor in hölzernen Buden auf der alten breiten Straße, nur daß von Jahr zu Jahr neue Abzweigungen und neue Budengassen aufwachsen. Mit solcher Pietät hält die Bürgerklasse daran, daß sie ihre Weihnachtsbedürfnisse in den alten flimmernden Buden kauft, obgleich oft nur ein paar Schritte dahinter in den großen Läden dieselben Sachen zum Fabrikpreis wohlfeiler zu haben sind. Man muß dem Weihnachten seinen Verdienst gönnen, heißt es, und man tadelt die Reicheren, welche ihre größeren Einkäufe mit merkantilischer Berechnung bei den Kaufleuten und Fabrikanten bewerkstelligen. Nur regnigtes Wetter ist der Verderb des Weihnachtsmarktes; dann jammert die halbe Stadt, nicht sowohl um das gestörte Vergnügen, als um die armen Leute, die um ihren Verdienst kommen.

Die Ausstellungen gehören notwendig zu dem Feste. Sie haben ihren ursprünglichen Charakter durchaus geändert, und aus den uralten »Krippelvorstellungen« heiliger Gegenstände sind sie durch hunderterlei Variationen zu etwas geworden, was auf theatralischen Kunstwert Anspruch machen will. Damit sieht es freilich noch schwach aus, und höchstens befriedigt einmal eine schöngemalte Landschaft mit Lichteffekt die billigen Ansprüche. Indessen ist es ganz gut, daß ihnen die Mechanik so viele Hindernisse in den Weg legt, um etwas zu werden, was sie nicht werden sollen. Die Ausstellungen von Kraftmehlfiguren, in denen man bekannte Persön-

Th. Hosemann: Een Dreier, det Schäfeken! 1869

▷ G. Schöbel: Äpfel und Nüsse, um 1910

lichkeiten wiederfand und durch die der Konditor Teichmann das Publikum lange Jahre hindurch ergötzte, waren weit angemessener. Diesmal vermißte man sie. Ob die Zeitumstände auch hier eine zensorische Strenge ausgeübt haben? Vortrefflich wußten einige Kunstgärtner die Produkte ihrer Treibhäuser zu grünen Zaubersälen umzuschaffen. Am erfindungsreichsten bleiben jedoch immer die Brüder Gropius, die in ihrem Diorama jede Gelegenheit nutzen, um das Zeitinteresse zu personifizieren. Diesmal stellten sie in mehreren Bildern das Lager von Kalisch dar. An den Gemälden war kein großer Zauber, wie es der Gegenstand auch wohl mit sich bringt, aber die Art der Aufstellung und der mysteriöse Zugang verfehlten die Wirkung nicht. Der Andrang war so groß, daß man stundenlang warten mußte und nur Schritt für Schritt zu den unterirdischen Wundern gelangte. Dafür entschädigte am Eingang ein ungeheuerer Riesenkopf, der, in einen Käfig eingeschlossen, durch sein phlegmatisches Mienenspiel jung und alt ergötzte.

Willibald Alexis

◁ *H. Lüders: Weihnachtsstraßen von Berlin, 1871*

▷ *G. Schöbel: Zwölf Grad Kälte! um 1910*

Der Weihnachtsmarkt, 1896

E. Peschkau: Weihnachtsgeschenke, 1888

Heißa! wie die Flocken fliegen
Um die hellen Gaslaternen,
Heute ist es ein Vergnügen,
Aus dem Haus sich zu entfernen.
Seht die Menge
Im Gedränge
Vor den schönen Läden stehen,
Um das kleine,
Neue, feine
Weihnachtsspielzeug zu besehen.
Dann geht's heiter
Plaudernd weiter
Nach dem großen Weihnachtsmarkt,
Und die Püffe
Und die Knüffe
Werden keinem heut verargt.
Welch ein Trommeln und Trompeten,
Dudeln, Fideln, Rasseln, Flöten,
Knarren, Schnarren, Brummen,
Schreien,
In den langen Budenreihen!
Hier gibt's Schiffe voller Masten,
Dorten große Leierkasten,
Arche Noahs, Pferdeställe,
Puppenküchen, Gummibälle;
Und die roten Blasen da
Schreien laut Papa, Mama!
Doch da steht der bill'ge Mann,
Der so schön verkaufen kann!
»Nur heran, ihr lieben Leute,
Immer billig, billig heute,
Für nur wenig Nickelgeld
Kauft man hier die halbe Welt!
Diese Schachtel Zinnsoldaten
Kostet – nein, ihr sollt es raten,
Röcke blau und Hosen weiß –
Fünfzehn Pfennig ist der Preis.
Sagt es mir, ist das ein Lohn
Für ein ganzes Bataillon?
Ferner sollt ihr mir mal suchen
Einen solchen Pfefferkuchen
Für 'ne ganze halbe Mark!
Nein, das find ich selber stark.
Heute ist der letzte Tag,
Morgen liegt er schon im Sack,
Nur heran, ihr lieben Leute,
Immer billig, billig heute.«
Also ruft der bill'ge Mann,
Der so schön verkaufen kann.
Dort auf langen
Bunten Stangen
Seht die Hampelmänner hangen,
Schneider, Schuster,
Schornsteinfeger,
Menschenfresser, schwarze Neger,
Allesamt an einem Strick,
Mit 'ner Strippe im Genick.
Rührt ein Windstoß an den einen,
Stoßen sie sich mit den Beinen,
Und es gibt dann eins, zwei, drei,
Gleich 'ne große Prügelei,
Und aus ihren vollen Lungen
Schreien dann die Straßenjungen,
Pfeifen, johlen, quietschen, schnarren,
Ohne Rast und ohne Ruh,
Und mit Waldteufeln und Knarren
Machen Sie Musik dazu.

Walther Gottheil

*F. B. Dörbeck:
Der Invalide vom
Berliner Weihnachts-
markt, um 1850*

Weihnachten im alten Berlin, 1912

Das schönste aber aller Ereignisse um die Weihnachtszeit herum war für uns Kinder der Weihnachtsmarkt! Am 10. Dezember, gerade an meinem Geburtstag, wurde er immer aufgebaut, und mir war es dann stets so zumute, als ob ich den ganzen Markt als Festgeschenk erhielte!
Der Markt nahm mit seinen Buden den weiten Schloßplatz, auch den Lustgarten und hauptsächlich dann noch die Breite Straße ein, und wenn auch seine ganze Einrichtung eine ziemlich primitive war, so hatte er doch für die Kinderseele einen eigenartigen Zauber! Vor dem Hause, welches schon damals die Vossische Zeitung innehatte, in der Breiten Straße Nr. 8, stand die Pfefferkuchenbude der Firma Deska Reichel. Diese aufzusuchen, um sich ihre Weihnachtsvorräte an Pfefferkuchen zu besorgen, verschmähten selbst die Mitglieder des Königlichen Hofes nicht. Dort kaufte unser geliebter Kronprinz, der spätere Kaiser Friedrich, bis zum Jahre 1869 um die Weihnachtszeit stets persönlich seinen Honigkuchen. – Welch ein Leben und Treiben herrschte, besonders am Abend, in jenen Straßen! Da waren vor allem die Waldteufel! Sie ertönten nicht nur auf dem Christmarkte, sondern in allen Straßen der Stadt, und wenn wir ihr Brummen und Sausen draußen hörten, hüpfte uns das Herz vor Freude; denn nun wußten wir: Weihnachten ist nahe!
Außer den Waldteufeln gab es Knarren, Trompeten, Pfeifen; dann eine Menge von Ausrufern, welche mit lauter Stimme ihre Ware anpriesen – ein Mann mit einem Hahn in der Hand: »Vorne pickt er, hinten nickt er!« Ein anderer, der den fleißigen Sägemann arbeiten ließ: »Alles, was hier bimmelt, bammelt, zippelt, zappelt – kostet nur einen Silbergroschen!« Das alles einte sich auf dem Weihnachtsmarkt zu einer, zwar die Ohren betäubenden, doch unser Kinderherz innig erfreuenden Musik, und dazu erfüllte der Geruch der frisch gebackenen Schmalzkuchen aus den Kuchenbuden die kalte, reine Winterluft. Besonders anheimelnd aber war der Duft der Honig- und der Pfefferkuchen! – An dieser Stelle will ich auch noch an die »Naute« erinnern, eine Spezialität Berlins, welche damals eine Lieblingsspeise der kleinen Leckermäuler war. Diese »Nauten« waren kleine Tafeln, die aus Sirup und Mohn hergestellt wurden, und von denen das Stück zwei Pfennige kostete. Wie manchen mühsam ersparten Pfennig habe ich in meiner Schulzeit für »Naute« dahingegeben! Mit dem würzigen Geruch der Pfefferkuchen auf dem Christmarkte mischte sich dann herzerfrischend der harzige Duft der kleinen und großen Tannenbäume, die zum Verkauf ausgestellt waren!
Zu jener Zeit pflegte man in Berlin den Kindern zu Weihnachten statt des frischen Tannenbaums oft nur eine sogenannte »Pyramide« aufzubauen, die man von einem Christfest bis

G. Schöbel: »Stille Nacht, heilige Nacht!«, um 1910

L. Burger: Verkäufer auf dem Weihnachtsmarkt, um 1865

G. Schöbel: Auf dem Berliner Weihnachtsmarkt, um 1910

zum anderen verwahren konnte. Es war dies ein Holzgestell mit buntem Papier und Goldglitter bedeckt; indessen in unserem Hause erschien zu Weihnachten stets ein wirklicher, frisch duftender Waldbaum, und zwar von fabelhafter Größe. Er mußte bis an die Decke reichen, sonst hatte er in unsern Augen nicht den richtigen Wert.
Unter dem Baume in dichtem Laube waren dann die Weihnachtsschäfchen aufgestellt. Diese Schäfchen verkauften arme Kinder, die auf dem Weihnachtsmarkte in irgendeiner Ecke kauerten, spärlich nur in ihre dürftige Kleidung gehüllt, und die mit ihrem Körbchen am Arm fortwährend den klagenden Ruf ertönen ließen – durch all das Getöse und den Lärm um sie her: »Einen Dreier das Schäfchen! Nur einen Dreier!«
Oft war es bitter kalt, wenn wir so abends im Lichterglanz über den Weihnachtsmarkt wanderten; der Schnee knisterte unter unsern Füßen und im Frost verklammten uns die Finger, aber das fühlten wir nicht. Schnee und Kälte gehörten ja zu Weihnachten.

Agathe Nalli-Rutenberg

Festliches Gebäck

»Unter einem glücklicheren Stern stand die Backwoche, wo mit Pfeffer- und Zuckernüssen begonnen und mit Brezeln, Kranz- und Blechkuchen aufgehört wurde. Wir durften nicht nur mit in die Backstube hinein, darin es, überall anheimelnd, nach bitteren Mandeln und geriebener Zitrone roch, sondern erhielten auch, als Weihnachtsvorgeschmack, eigens für uns Kinder gebackene kleine Wecken, alles reichlich zugemessen. ›Ich weiß‹, sagte meine Mutter, ›daß sie sich den Magen daran verderben, aber das ist besser, wie wenn sie knapp gehalten werden.‹« Mit diesen Worten erinnert sich Theodor Fontane an die Weihnachtszeit seiner Kinderjahre im pommerschen Swinemünde. Ebenso verführerisch roch es in Berliner Wohnungen lange vor Weihnachten nach süßem Backwerk. Pfeffernüsse, Honigkuchen und Stollen, ausgestochenes Gebäck, Pfefferkuchenhäuser, Zimtbrezeln, Napfkuchen und Baumkuchen waren überall in Deutschland beliebt. Erst ihre verschiedenen Zutaten ergaben die regionalen Unterschiede.

Das Backen zur Winterzeit hat eine uralte Tradition. Germanische und slawische Völker stellten als Götteropfer oder als Dank für geleistete Hilfe Tiere und Figuren in süßem Teig her und glaubten beim Verzehr, sich deren gute Eigenschaften einzuverleiben.

War der Stollen in heidnischer Zeit noch das Symbol der Fruchtbarkeit, erklärte das Christentum es zum windelgewickelten Christuskind. Dem Honiggebäck schrieb man seit jeher fruchtbarkeitserhaltende und heilende Wirkung zu. Die Kirche verstärkte die Bedeutung von Honig- und Lebkuchen und machte aus ihnen gesegnete Weihgeschenke. Vermutlich hatte man in den Klöstern lange Zeit Backwaren hergestellt und neue Kombinationen ausprobiert, bis dabei das Rezept für die wunderbar duftenden Lebkuchen zur Weihnachtszeit entstand. Dafür spricht die üppige Verwendung exotischer Gewürze wie Zimt, Nelken, Kardamom und Pfeffer, die von Missionaren und reisenden Geistlichen mitgebracht wurden. Lebkuchenteig wurde aus geklärtem Honig und dunklem Mehl hergestellt, der durch wochenlange Lagerung zur Gärung kam. Einer Überlieferung zufolge soll der Kurfürst im 16. Jahrhundert an der Nicolaikirche und der Petrikirche »Syrupgebackenes und derley leckerhafte Dinge für den Bedarf des Hofes zu kaufen« angeordnet und damit den Grundstein zur Entwicklung des Weihnachtsmarkts gelegt haben.

Berliner Baumkuchen

Unvorstellbar war eine Kaffeetafel am Weihnachtstag ohne eine süße Kostprobe des Berliner Baumkuchens. Die Berliner Baumkuchenbäckerei Jaedicke in der Kochstraße im alten Zeitungsviertel wurde zur Vorweihnachtszeit von vielen Hausfrauen zum Kauf der baumstammähnlichen Köstlichkeit angesteuert. Auch Theodor Fontane berichtet begeistert: »Den Anfang machte immer die Herstellung eines Baumkuchens … Es gibt auch heute noch Baumkuchen, gewiß; aber die heutigen sind Entartungen, schwächliche, schwammartige Bleichenwangs, während die damaligen eine glückliche Festigkeit hatten, die sich, an den gelungensten Exemplaren, bis zur Knusprigkeit steigerte, begleitet von einer vom dunkelsten Ocker bis zum hellsten Gelb reichenden Farbenskala. Ich war immer glücklich, dem Werdeprozeß solches Baumkuchens zusehen zu können.«
In der Form eines Baumstamms können Sie die Köstlichkeit heute allerdings nicht mehr backen. Nehmen Sie statt dessen eine Springform zwischen 25 und 30 cm Durchmesser mit Bodeneinsatz oder eine Kastenform, um den Teig Schicht für Schicht auszubacken.

250 g Butter, 250 g Zucker, 2 Teelöffel Backpulver, 1 Päckchen Vanillezucker, 3 Eier, 3 Eigelb und 3 Eiweiß, 1 Eßlöffel Rum, 185 g Mehl, 70 g Speisestärke, 200 g Puderzucker und 3 Teelöffel warmes Wasser

Butter, Zucker und Vanillezucker sahnig rühren. Langsam Eigelb mit den Eiern und dem Rum untermischen. Mehl, Stärke und Backpulver zusammen durchsieben, verrühren und unter die schaumige Eier-Buttermasse mischen. Das steif geschlagene Eiweiß unterheben. Die Spring- oder Kastenform mit wenig Butter auspinseln und dann dünn eine Schicht Baumkuchenteig auf den Boden auftragen. Jetzt bei 180 bis 200 Grad Oberhitze im Ofen backen. Wenn sie goldgelb ist, die nächste Schicht auftragen und so weiter, bis der Teig aufgebraucht ist. Mit der Zuckerglasur den kalten Baumkuchen überziehen. Verrühren Sie für den Zuckerguß den Puderzucker mit Wasser.

Zimtbrezeln

Brezeln, lateinisch »brachiola«, gelten von alters her als kulinarische Köstlichkeit und traten als klösterliche Devotionalspeise ihren Siegeszug an. Die gekreuzten Teigrollen kann man mit viel Phantasie als devot gekreuzte Arme deuten. Nur an Festtagen wurden in früheren Jahrhunderten Brezeln gebacken. Salzige Brezeln waren zu Fontanes Zeiten kein Genuß. 1892 philosophierte er: »Jeder will das große Los gewinnen, jeder hofft, die Bräzeln werden für ihn gebacken«, bis man schließlich merkt, »daß keiner über die Salz- und Kümmelbräzeln rauskommt«. Dafür sind Zimtbrezeln um so beliebter. Zu Glaßbrenners Zeiten verkaufte eine gewisse Rieke mit durchdringendem Geschrei angeblich erfolgreich ihre Zimtbrezeln vor dem Berliner Schloß. L. Kurths »Illustriertes Kochbuch für bürgerliche Haushaltungen wie auch für die feine Küche« aus dem Jahr 1887 notierte folgendes Rezept:

Unbekannter Künstler: Zimtbrezelverkäuferin vor dem Berliner Schloß, um 1850

375 g gesiebtes feines Mehl, 250 g Zucker, 125 g zerschmolzene und erkaltete Butter, 3 Eier, 8 g gemahlenen Zimt und 2 g (ein Quentchen) Hirschhornsalz oder 1 Teelöffel Backpulver (mehr, nach belieben)

Man rührt die geklärte Butter mit den Eiern und dem Zucker zu Sahne, knetet das Mehl nebst dem Zimt und dem pulverisierten Hirschhorn darunter, formt nicht zu große Brezeln aus dem Teig, bestreicht sie mit Ei und bäckt sie (auf einem gebutterten Blech) im mäßig heißen Ofen hellgelb.

210°C (Teig ruhen lassen!!!) 29.11.04

Pfeffernüsse

Pfeffernüsse verteilte vor allem der Nikolaus nach adventlichen oder weihnachtlichen Gesängen. Er holte das Naschwerk aus seinem Sack und überreichte es den braven Kindern.
Pfeffernüsse sind eine Art Lebkuchenteig. Sie sind klein, rund und sehr hart, so daß sie klappern, wenn mehrere aneinanderstoßen. Sie sind so hart, daß man sie fast nur lutschen kann.

250 g Zucker, 2 Eigelb, 1 Ei, 30 g feingewiegtes Zitronat, 20 g feingemahlenes Vanillepulver, 1/2 Teelöffel gemahlenen Zimt, je eine gute Messerspitze Nelkenpulver und weißen Pfeffer, 1 Messerspitze in Rum aufgelöste Pottasche, 250 g Mehl

Zucker mit Eigelb und Ei sehr schaumig rühren. Dann die Gewürze, die aufgelöste Pottasche und das Mehl sorgfältig unter die Schaummasse rühren. Den Teig 1 cm dick ausrollen. Kleine runde Plätzchen ausstechen. Im vorgeheizten Backofen bei 180 Grad 20 Minuten ausbacken.

Honigkuchen Berliner Art

Mönche in den mittelalterlichen Klöstern waren die besten Weihnachtsbäcker. Sie knüpften mit den verführerischen Backwaren an Traditionen aus vorchristlicher Zeit an. Dem Honig und dem Honiggebäck wurde von alters her fruchtbarkeitsbringende und heilende Wirkung nachgesagt. Klöster waren die Hauptbetreiber von Imkereien. Honiggebäck und Wachskerzen als Weihgeschenke waren zum heiligen Fest begehrt. Honigkuchen aus Mehl und Honig, Zucker und Sirup mit schmackhaften Zutaten wie Mandeln, Nüssen und kostbaren Gewürzen brachten gutes Geld ein. Auch in späteren Jahrhunderten durfte Honiggebäck auf keinem bunten Teller fehlen. Fast die Hälfte aller Buden auf dem Weihnachtsmarkt vertrieb Honigkuchen und Naschwerk.

500g 500g 2

250 g Honig, 250 g Mehl, 1 Päckchen Backpulver, je eine Messerspitze Zimt-, Nelken-, Kardamom- und Ingwerpulver, 50 g grobgehackte Mandeln zum Bestreuen

Alles doppelt Menge von den Gewürzen

Den Honig erhitzen (nicht kochen) und abkühlen lassen. Mehl, Backpulver, Gewürze sorgfältig mischen. Den abgekühlten Honig unterrühren und den Teig auf ein gut gefettetes Backblech streichen. Bei 200 Grad 25 Minuten backen.

Bei 190 C 25 Min

Pfefferkuchen

Die »Pfefferküchner« bildeten seit dem 14. Jahrhundert neben den Bäckern und den Zuckerbäckern eine eigene Zunft. Jede Region hatte ihre eigenen Rezepte. Das »Pfeffern« ist ein alter Brauch zur Weihnachtszeit. Erwachsene und Kinder »pfefferten« Freunde, Nachbarn und wohlhabende Leute mit Sprüchen und Reimen und schlugen ihnen dabei leicht mit der Pfeffer- oder Lebensrute auf den Rücken, um dafür Lohn in Form von Pfefferkuchen und süßem Gebäck zu erbitten.
Das Pfefferkuchenhaus stand seit dem Welterfolg von Humperdincks Oper »Hänsel und Gretel« nach der Weimarer Uraufführung im Jahr 1893 zur Freude der Kinder mit süßen Verzierungen in den Schaufenstern der Konditoreien. Als Humperdinck seit der Jahrhundertwende eine Meisterklasse für Komposition an der Berliner Akademie leitete, waren Berliner Bäckereien ohne Pfefferkuchenhäuser zur Adventszeit kaum mehr vorstellbar.

4 Eier, 500 g Zucker, 60 g gemahlene Mandeln, je 60 g fein gewiegtes Orangeat und Zitronat, 2 gestrichene Teelöffel Zimt, 1 halber Teelöffel Nelkenpulver, 1 Messerspitze Muskat, 1 Teelöffel Pottasche und außerdem 500 g Mehl

Eier und Zucker sehr schaumig rühren. Danach die übrigen Zutaten untermischen. Zum Schluß die Masse auf einem Brett kneten. Den Teig eine halbe Stunde ruhen lassen. Für die Lebkuchenherstellung 1/2 cm dick ausrollen und mit feuchtem Messer Rechtecke von 4 cm Breite und 7 cm Höhe ausschneiden. Auf ein gefettetes, bemehltes Blech legen. Über Nacht stehen lassen und bei 150 Grad ca. 35 Minuten backen lassen. Je nach Geschmack mit einer Zuckerglasur überziehen. Dazu 200 g gesiebten Puderzukker in 4 Eßlöffel heißes Wasser einrühren. Mit demselben Teig bäckt man auch Pfefferkuchenherzen. Mit farbigem Puderzucker werden schnoddrige Sprüche geschrieben. Dazu stellt man wie zur Glasur eine Zuckermasse her.

Nachdem der Honig gesotten, abgeschäumt und geläutert wurde, macht der Pfefferküchner einen Teich daraus mit geschnittenem Gewürz oder Mandeln, wälgert solchen aus dem Wälgerholz, zerschneidet ihn und wägt jedes Stück ab, druckt es in die Model, legt hernach solche Stücken auf ein Brett, schiebt es in den Ofen, beobachtet die erste und andere Hitze und bäckt also Lebkuchen, Lebzelten (Honigkuchen) und Pfefferkuchen.
Der Lebküchner, aus: Orbis picti sensualium, 1769

So kann man noch heute sprücheklopfend Freunde und Verwandte »pfeffern«:

Dieser Kuchen schmecke dir
wie der erste Kuß von mir

Willst du ein süßes Herz dir suchen,
dann kaufe diesen Pfefferkuchen

Geliebte, mir darfst du vertraun
und mich mit Rosenlippen kaun

Berliner Napfkuchen

Nach dem Dreißigjährigen Krieg gewährte das Edikt von Potsdam im Jahr 1685 Glaubensflüchtlingen sichere Lebensverhältnisse und Glaubensfreiheit. Vor allem Hugenotten flüchteten aus allen Teilen Frankreichs nach Preußen und haben Kultur und Lebensgewohnheiten der Berliner verändert. Mit ihren Kenntnissen in der Herstellung

„Eene Rosine kannste nehm – faß aber keene Fliege!"

von feinen Fayencen, Tuch- und Luxuswaren waren sie den Einheimischen nicht nur überlegen, sie brachten auch vielerlei Gegenstände mit, die fortan in den Buden auf dem Weihnachtsmarkt verkauft wurden. Kostbare Porzellanpuppen, Harlekins und Pantins, beides Hampelmänner, und natürlich feine Backwaren. Zum Beispiel den Napfkuchen, eine Art volkstümlichen Savarin. »Is' det 'n Nappkuchen von Mann« spotteten die Berliner über einen besonders energielosen Mann.

D.-O. Matthies: Thorner Katrinchen, 1996

300 g Mehl, 20 g Hefe, 1/8 l Milch, 150 g Butter, 50 g Zucker, 4 Eier, abgeriebene Schale einer Zitrone, 20 g gewürfeltes Zitronat, je 50 g Korinthen und Sultaninen

In eine Schüssel gut die Hälfte des Mehls sieben und Hefebröckchen dazugeben. Lauwarme Milch vorsichtig hineinschütten und alles miteinander verrühren. Zudecken und so 15 Minuten gehen lassen. Die Butter mit Eiern und Zucker schaumig schlagen. Restliches Mehl und abgeriebene Zitronenschale unterrühren. Korinthen, Sultaninen, das Zitronat und den aufgegangenen Hefeteig dazugeben und alles gut miteinander vermengen. Eine Napfkuchenform fetten, mit Mehl bestreuen, den Teig hineinfüllen und zugedeckt an einem warmen Ort 20 Minuten gehen lassen. Den Napfkuchen bei 180 Grad etwa 50 Minuten backen.

Thorner Katrinchen

Berühmt sind Thorner Katrinchen nicht erst seit E. T. A. Hoffmanns Erwähnung in »Der Weihnachtsabend«: »Dabei war er wieder ganz heiter geworden und schenkte den Kindern noch einige schöne braune Männer und Frauen mit goldnen Gesichtern, Händen und Beinen. Sie waren sämtlich aus Thorn und rochen so süß und angenehm wie Pfefferkuchen, worüber Fritz und Marie sich sehr erfreuten.« Thorn liegt weit im Osten an der Weichsel und heute als Toruń in Polen. Als die Katrinchen am 25. November, dem Tag der Heiligen Katharina, zum ersten Mal gebacken wurden, war Thorn Hansestadt. In ihrer hübschen braunen Gestalt waren die Thorner Katrinchen mit ihren weißen Zuckerschürzen, ihren zierlichen weißen Krägelchen das Abbild sittsamer Mägde in der wohlhabenden Stadt. Selbstverständlich gab man ihnen Thorner Männchen an die Seite.

250 g Honig, 50 g Zucker, 30 g Butter, 1/2 Teelöffel Zimt, je 1 Messerspitze Nelken und Ingwer, 1 Eigelb, 250 g Weizenmehl, 100 g Stärke, 1 Teelöffel Pottasche, etwas lauwarmes Wasser

Honig, Zucker, Butter bis zum Siedepunkt erhitzen, vom Feuer nehmen, Gewürze einrühren und abkühlen lassen. Eigelb, Mehl und die aufgelöste Pottasche darunterziehen und den Teig gut durchkneten. An einem warmen Ort zugedeckt eine Stunde stehenlassen. Danach 5 mm dick ausrollen und mit der Katrinchenform ausstechen. Auf ein gefettetes, bemehltes Blech nicht zu eng legen. Zum Bestreichen etwas lauwarmes Wasser verwenden.

Geschichten

Das Weihnachtsfest im häuslichen Kreis mit Tannenbaum, Geschenken und üppigem Weihnachtsessen an den Feiertagen wurde im Laufe des 19. Jahrhunderts zum festen Brauch.
In den Städten wie Berlin war die Not besonders groß. Vor Weihnachten bastelte die ganze Familie für den Weihnachtsmarkt armselige Geschenke, die von den Kindern verkauft wurden. Meistens waren es »Dreierschäfchen« (billige Wolltierchen) und Weihnachtspyramiden. Das waren Holzgestelle, die sich nach oben pyramidenförmig verjüngten und mit Glitter umwickelt wurden. Mütter versuchten, für die Kleinen wenigstens ein winziges Geschenk aufzutreiben. Ein Pfefferkuchen oder auch die kleinste Puppe war das Himmelreich auf Erden. Die Reichen übten sich in Mildtätigkeit. Agathe Nally-Rutenberg schreibt Anfang dieses Jahrhunderts: »Besonders wunderbar anheimelnd ist mir in Erinnerung die Zeit vor Weihnachten. Da wurde eifrig gesammelt für die Armen an Wäsche, Kleidern, Büchern, Spielzeug – denn schon einige Tage vor dem Feste fand eine große Christbescherung für arme Kinder im Schulsaale statt. Der Konditor Schilling an der Koch- und Friedrichstraßen-Ecke schickte für diesen Abend auch immer mächtige Körbe voll Weihnachtsstollen.« Walter Benjamin erinnert sich in seiner »Berliner Kindheit um 1900« an den Blick am Heiligabend von seinem Kinderzimmer zu den Fenstern im Hinterhof und an das Gefühl, »daß diese weihnachtlichen Fenster die Einsamkeit, das Alter und das Darben – all das, wovon die armen Leute schwiegen« bedeutete. Berliner Familien wie die Mommsens in der Beletage waren dafür um so glücklicher an diesem Abend: »Bewunderung, Freude, Dank ist wohl in allen deutschen Weihnachtsstuben das gleiche.«
Noch nobler geht es bei Else Urys »Nesthäkchen im weißen Haar« zu. Nesthäkchen, inzwischen »Großmama« oder auch »Frau Annemarie«, bekommt ein Ölgemälde und einen »Crêpe-de-Chine«-Umhang mit den wunderbaren gestickten Blumen von der Tochter aus Südamerika, ihr Ehemann, der alte Geheimrat, einen Zobelpelz für die kalte Jahreszeit.

Weihnachten bei Theodor Mommsen, um 1880

Weihnachten! Schon Tage vorher wurde der Auftrag erteilt, den Baum zu besorgen. Das war ein wichtiges und nicht immer dankbares Geschäft, das meist einen der Brüder traf. Mein Vater legte größten Wert auf eine schöne, gerade gewachsene, volle Tanne die auf der Erde stehen und ohne Stern und Aufsatz bis zur Decke reichen mußte. Gar zu teuer durfte sie auch nicht sein. Da galt es, Berlin abzusuchen und weise zu handeln, sonst fand man wohl – wie es einem der Brüder geschah – den seiner wenigen Zweige beraubten Baum als elenden Strunk mit daran hängenden Geschenken auf dem Platz, an dem der eigene Weihnachtstisch zu stehn pflegte; während eine prächtige vom Vater heimlich besorgte Tanne im Lichterschmuck prangte. Als Kinder merkten wir natürlich nichts von diesen und anderen Vorbereitungen: Da war das erste sichere Anzeichen des nahenden Festes ein Kästchen mit vorjährigen Pfefferkuchen, die unsere sparsame Mutter sorglich verwahrt und dann vergessen hatte. Sie schmeckten uns trotz ihres Alters lange Zeit prächtig; aber schließlich baten wir doch, sie uns lieber im Januar frisch zu geben, anstatt sie zehn Monate hindurch im Schrank, nicht weit von Kampfer und Naphthalin, aufzuheben.
Dann kamen häufige Stadtfahrten der Mutter mit Herrn Otto, dem getreuen Droschkenkutscher. Ein großer Reisekorb verschwand im Schlafzimmer der Eltern, um am 24. früh heimlich ins Weihnachtszimmer und mit unendlichem Papier gefüllt nach Stunden wieder herausbefördert zu werden. Die riesige Reisetasche, mit schönem Kreuzstich-Blumen-Muster, fuhr mit in die Stadt, und wie durch ein Wunder flog bei der Rückkehr ein Mehlweißchen oder eine Pfeffernuß heraus. Schließlich war das Vorderzimmer eines Tages verschlossen. Das waren sichere Anzeichen, und es galt, sich mit den Weihnachtsarbeiten zu beeilen. Die Decke für die Mutter, der französische Aufsatz für den Vater oder die Strümpfe für die Brüder mußten ja fertig werden. – Diese Strümpfe! – wiederholt haben wir fünf Schwestern zusammen mit der Mutter einen Bruder bestrickt; das machte dann ein halbes Dutzend Paar schöner wollener Socken, und dann saß der Bruder unter dem Weihnachtsbaum und suchte an der Art des Strickens herauszubringen, wie die Schwestern und die Strümpfe zueinander paßten. Im Alter von vierzehn oder fünfzehn Jahren durften wir am 23. Dezember zum Baumputzen über die gewohnte Bettzeit hinaus aufbleiben. Dann saßen die Eltern still für sich in der »Grünen Stube« nebenan. Wir Schwestern zogen die langen Ketten aus bunten Glasperlen neu auf, untersuchten die Fäden der Einzelkugeln und steckten die Lichter ein. Die Brüder schmückten den Baum, nachdem unter Hinzuziehung des Vaters die schönste Seite herausgefunden und die Aufstellung somit vollzogen war. War alles fertig, so wurde der Vater zur Musterung gebeten und auf seinen Rat noch diese oder jene Änderung vorgenommen. Im Grunde hatte aber im Laufe der Jahre jedes Stückchen seinen festen Platz: die feine Silberkette oben, die Trümmer der gelbblauen und grün-roten Ketten unten, und ganz in der Mitte vorn das ehrwürdigste Stück: der alte Bock, der als Familiensymbol galt. Der Vater hatte ihn an den Baum gehängt, als Karl und Ernst klein waren. Wem von beiden er galt, ist ebenso umstritten wie die »historische Ohrfeige«, von der ich bei dieser Gelegenheit auch gleich erzählen will. Am 2. September 1870 kam der Junge mit dem Ruf nach Haus: »Wir haben schulfrei; Napoleon

R. Bong: Des Kindes Weihnachtstraum, 1911

ist gefangen.« Mein Vater entgegnete: »Laß Dir doch nicht jeden Unsinn aufschwatzen!« und gab dieser Mahnung den nötigen Nachdruck. Zeit ihres Lebes haben sich die Brüder um diese Heldentat im Dienste des Vaterlandes gestritten.

Zurück zum 23. Dezember! Während des Baumputzens waren die »Teller«, die weißen Perlrandteller aus dem Haushalt der Urgroßmutter Reimer, zurechtgemacht, die Hildebrandschen Pfefferkuchen und gar das Selbstgebackene genau abgezählt und jedem zwei oder drei Stückchen Konfekt zugeteilt worden. Dann wurden die Tische für die große Familie, zu denen der für die drei Hausmädchen kam, zurechtgemacht. Über die auf Stühle gelegten Tischplatten wuchsen wir schnell hinaus; der Schreibtisch der Mutter, die Pfeilertische und Notenschränke mußten herhalten und dieser und jener Tisch aus den Schlafzimmern herbeigeschafft werden. Das runde Florentiner Marmortischchen war dem Vater reserviert und nahm sich am 24. im Schmuck der Kaviartöpfchen, der Hummer und dergleichen recht gut aus. Die große Fußbank dicht vor dem Baum war mit der gleichen Sorgfalt gedeckt. Die Auswahl der Pfefferkuchen, die rohen Eier, die Würstchen und ein neuer Maulkorb deuteten auf den vierbeinigen Hausfreund als glücklichen Empfänger. Das Ei durfte der Lump aber nur in Gegenwart des Vaters verzehren, der sich immer wieder an der gewiß in früher Jugend im Hühnerstall gelernten Kunst des Teckels freute: Er nahm das Ei zwischen die Pfoten, machte mit dem Eckzahn ein kleines Loch hinein, das langsam erweitert wurde, und so trank er das Ei aus, ohne ein Tröpfchen davon auf den Teppich zu schütten.

Am 24. Dezember morgens wurde die Weihnachtsstube der Mutter überlassen; nur der Vater hatte noch Zutritt. Wie mochte man die

Th. Hosemann: Der Weihnachtsbaum, um 1850

E. Kiesling:
Am Weihnachtsfeste, um 1900

weißgedeckten Tische, auf denen außer dem Teller jetzt nur ein gelbes Wachsstöckchen stand, im Kerzenschein wiederfinden? Wir hatten mit unseren Weihnachtsgeschenken auch alle Hände voll zu tun. Dazu war der Heringssalat zu schneiden, der zum Abend und mindestens für die Feiertagsfrühstücke reichen sollte. Viel Zeit zum Mittagbrot blieb nicht, das mußte schnell bereitet und gegessen werden können. So gab es an dem Tag – dem einzigen, an dem der Küchenzettel kein Kopfzerbrechen machte – dicken Reis. Ich glaube, das ist bei allen Geschwistern heute noch so; jedenfalls ist der Offiziersmesse eines deutschen Kreuzers in Ostafrika an einem 24. Dezember »dicker Reis« vorgesetzt worden.
Gegen Abend ging man daran, den Weihnachtstisch der Mutter aufzubauen, was im Eßzimmer geschah. Eine große Lampe-Kaufmann-Sendung: Kolonialwaren, Essig, Öl, Fleischextrakt bildete einen erheblichen Bestandteil; auch die persönlichen Geschenke für die Mutter waren fast ausschließlich praktischer Art. Für die Jugend war das selbstverständlich ebenso: Kleidungsstücke, Handschuhe, Briefpapier ließ man sich immer wieder gern schenken, und auf keinem Tisch fehlte das Buch.
Gegen sechs oder sieben Uhr kam der Vater herunter, prüfte sehr sorgfältig den Aufbau für die Mutter und verschwand – wohl zur letzten

Th. Hosemann: Der Weihnachtsabend, um 1850

Inspektion – im Weihnachtszimmer. Wir Kinder versammelten uns im Eßzimmer und machten in früheren Jahren wohl den Versuch zu singen. Bald erschallte aus dem geheimnisvollen Zimmer die Stimme der Mutter: »Seid ihr alle da? Ruft die Mädchen!« – Die große Doppeltür ging auf, und der Baum strahlte uns entgegen. Zu allererst wurde Mutters Tisch hineingetragen und mitten ins Zimmer gestellt. Dann hieß es, die Kleinsten oder doch die Jüngsten voran! Was nun folgte: Bewunderung, Freude, Dank ist wohl in allen deutschen Weihnachtsstuben das gleiche.

Der Baum durfte nicht zu lange brennen; er wurde ausgepustet, um noch mehrmals angezündet werden zu können, vierzehn Tage später zu Ehren einer Kindergeburtstagsfeier zum letzten Male zu brennen und dann geplündert zu werden.

In den Feiertagen – manchmal gelang es, einen dritten zu erbetteln – waren wir fast nur im Weihnachtszimmer, spielten mit den neuen Spielsachen, den von der Mutter und den Schwestern frisch eingekleideten Puppen, lasen die neuen Bücher oder strickten um die Wette die Wunderknäule auf, die uns noch Riesenpaß machten und zu unendlichen Neckereien Anlaß gaben, als wir schon längst die Kinderschuhe ausgezogen hatten.

Wir waren aber kaum erwachsen, als die Weihnachtsfeiertage noch einen besonderen Inhalt bekamen: Es galt, die Silvesterfeier vorzubereiten. Das war ein eigenartiges Fest! Es war wohl eine aus dem großelterlichen Hause übernommene Sitte, den Abend mit einer Kartenlotterie zu begehen, bei der allerlei Kleinigkeiten zu gewinnen waren und einige bestimmte Geschenke als Julklapp herumgingen, bis sie an die richtige Adresse gelangten. Das war kein sonderlich geistreiches Spiel und genügte meinem Vater bald nicht mehr. So wurde eines Tages die Parole ausgegeben: Hans gewinnt einen Bimsstein, jeder im Haus hat dazu einen Vers zu liefern, der beste wird preisgekrönt. Schwer war die Aufgabe nicht, und auch der Unpoetischste fand den nötigen Reim auf Stein. Den Preis erhielt die Mutter für den Vers:

Wenn einer von den Meinigen
Bisweilen ist ein Schweinechen,
So kriegt er dieses Steinechen,
Damit er sich kann reinigen.

Von da an wurde es üblich, zum Silvesterabend die Schandtaten sämtlicher Familienmitglieder zu besingen, und der Vater half tüchtig mit. Er verlangte, auch selbst zu gewinnen, viel zu gewinnen und vertrug jede Neckerei, wenn sie in mehr oder weniger schlechten Versen vorgetragen wurde. Da kamen die gern gesehenen spanischen Zwiebeln, der nach all dem guten Futter des Festes willkommene Rettig; feine Stiefelchen, die wie die letzthin gekauften zwar kniffen, aber den Fuß schlank machten; ferner ein Gedicht an den »Namenlosen«, das der Mutter aus einer immer wieder empfundenen Verlegenheit helfen sollte: Mein Vater liebte seinen Vornamen Theodor-Gottesgabe nicht, und das »Du, du« paßte schließlich auch auf andere. Wie lebendig stehen die lustigen Stunden und die alten schönen Zeiten vor uns wenn uns die gesammelten Silvesterverse in die Hand fallen!

Adelheid Mommsen

E. Kiesling: Weihnachtsalbum, Titelblatt, um 1900

Ich verkaufe Weihnachtsbäume, 1928

»Mensch, pack dir ja 'n paar Zeitungen in die Stiebeln!« meinte der eine, »Mensch, vergeß 'ne Pulle Rum nicht«, so der andere. Und – »zieh dicke Handschuhe an, wenn du Weihnachtsbäume verkaufst, sonst bleibste an die Tannen kleben«, und – so fragten alle – »wo stehste denn, auf daß man dich bekieken kann, ich komme, wir kommen, einen Weihnachtsbaum mußte uns verkaufen und nach Hause schleppen!«

So die lieben Freunde und Bekannten. – Wer den Schaden hat …

Am Wettiner Korso, beim Tempelhofer Feld. Nette Brise, kaltes Schneelüftchen, aber klar, und es ist, als luge gar die Sonne aus dem grauen Gewölk hervor.

»Ich bin der neue Angestellte«, sage ich zu der Weihnachtsbaumhändlerin, einer großen, breiten, recht stattlichen Dame, der der lammfellgefütterte Chauffeurmantel und die Chauffeurmütze ihres Mannes, der im Hauptberuf Autodroschkenfahrer ist, nicht schlecht zu dem winterlich geröteten Gesichte und den blitzenden Augen stehen.

Madame ist ganz im Bilde: »Ja, Paule, rasch, dort sind Kunden, sieh mal, waste die Damen da anhängen kannst!« Schon bin ich mittendrin im Geschäft.

Die beiden Damen wünschen natürlich weder einen Winterhut noch eine Grammophonplatte noch eine Portion Schlagsahne, sondern einen Weihnachtsbaum, hoch wie der Dom und breit wie der Lustgarten und dabei billig wie eine Schrippe.

Heinrich Zille: Auf dem Weihnachtsmarkt, 1903

Ich klettere hinaus auf den Berg von Tannen und hole sie dutzendweise herunter und führe sie dutzendweise meiner Kundschaft vor. Allein, die gibt sich nicht zufrieden, hat an jedem Baum etwas auszusetzen. Der eine sei zu hoch, der andere zu dünn, der dritte zu schief und der vierte sei »plattgedrückt wie ein Eierkuchen«. Ich versichere sie, daß dieses Malheur sehr bald behoben sei, wenn der Tannenbaum erst in der warmen Stube stünde, wenn erst die Äpfel und Birnen und Nüsse und Honigkuchen an den Zweigen hängen würden.

»Reden kannste wie ein Buch, Paulchen«, meinte die eine keck; oh, sie sind recht keß, diese beiden jungen Damen, eine Berlinerin und eine Münchnerin, die so ganz nebenbei erzählen, daß sie Angestellte und Junggesellinnen sind.

Dieses mein erstes »Geschäft« währt eine geschlagene halbe Stunde, bis ich meine lustigen Käuferinnen endlich soweit habe, daß sie mir den Baum zu zwei Mark abnehmen. Ob ich ihn in die Wohnung bringen möchte, für zwei Groschen Trinkgeld.

Ich sehe meine »Chefin« an, sie sehen meine Chefin an, die jetzt energisch meint: »Dat jeht nicht, meine Damen, jeht mit dem besten Willen nicht, ich brauche den Paule!« Und ob sie den Paule braucht! Denn das Geschäft fängt an. Köstlich die frische klare Winterluft, köstlich diese vielartige Beweglichkeit, rauf auf den Tannenberg, runter vom Tannenberg, hier einen schweren Baum greifen und da einen, köstlich. Viel schöner als jetzt in überheizter Stube am Redaktionstisch hocken – puh!

Ako
(A. E. Locher)

»Weihnachtslichter« aus »Nesthäkchen im weißen Haar«, 1925

Der alte Geheimrat war ungeduldig. Alle fünf Minuten zog er seine Uhr, trotzdem der Regulator vor ihm an der Wand hing. Er brummte und knurrte. Solche Unpünktlichkeit wollten sie nicht bei sich einreißen lassen. Gleich halb sieben – so spät hatte man noch nie beschert. Was fiel denn dem Mariele ein, so lange auf sich warten zu lassen. Dachte nur an ihre Schützlinge da im Hort und nicht an die alten Großeltern, die doch wirklich eine gewisse Rücksicht beanspruchen konnten. Am liebsten würde er halt mit der Bescherung beginnen – aber er dachte gar nicht daran, der alte Herr. Er zog weiter die Uhr und brummte weiter.

Die Großmama mußte das ganze Geschütz ihrer Beredsamkeit auffahren lassen, um ihn zu besänftigen. »Das Kind ging doch Wege der Nächstenliebe« – ja ja, aber zurück sein hätte es eigentlich schon können. Dies wurde nur gedacht, nicht ausgesprochen. »Ach, so eilig hatten sie es doch gar nicht mit der Bescherung, sie hatten doch keine kleinen Kinder mehr, die ins Bett mußten« – ja, aber merkwürdig war's doch, daß die Jetta so lange ausblieb. Es wird doch nichts passiert sein – und die Großmama blickte ebenso angelegentlich nach der Uhr wie ihr Mann. Nur noch etwas besorgter.

Immer unruhiger wurde Frau Annemarie. Zum so und sovielten Male öffnete sie die Tür zu dem Weihnachtszimmer nebenan, ob dort wohl alles in Ordnung wäre. Aber das Pelzjackett für Marietta lag tadellos, und der seidene Regenschirm neben der neuen Goethe-Ausgabe bedurfte auch keiner Verbesserung. Der Schlafrock für ihren Mann war wirklich mollig, er hatte ihn sich verdient. Sein Vorgänger stammte noch aus den ersten Jahren ihrer Ehe. Hier Kunzens Aufbau. Was Lottchen wohl zu der Armbanduhr sagen würde. Ihr Mann fand zwar wieder, sie verwöhne das Kind zu sehr. Aber es war doch nur eine silberne – und gerade am Weihnachtsfest hatte Frau Annemaries warmes Herz den Wunsch,

dem verwaisten Kinde eine besondere Freude zu machen. Es war doch wie ein Blatt, das der Sturm vom Baum geweht.

Helle Stimmen – gottlob, da waren sie.

Und dann flammten auch bei Geheimrats die Weihnachtslichter auf und warfen ihren goldenen Zitterschein hinaus in den schweigenden Garten. Dann saß Marietta am Flügel und sang, wie einst ihre Mutter, das Weihnachtslied.

Und dann standen die alten Leutchen neben ihrem »Kinde«, glücklich in dem Bewußtsein, ihm Freude zu bereiten. Wie konnte sich Marietta aber auch freuen. Nicht so laut wie Lottchen, die mit der Uhr ganz selig war. Nicht so wortreich wie Frau Trudchen, die jedes Stück ihres mit liebevollem Verständnis ausgewählten Weihnachten einer ebenso eingehenden wie dankbaren Prüfung unterzog, um dann zu versichern: »Aber das wäre doch jar nich nötig jewesen.« Auch nicht wie Vater Kunze, der im Laufe der vielen Jahre seinem Chef, dem Geheimrat, so manches, auch die Wortkargheit abgeguckt hatte und nur hin und wieder ein schmunzelnd anerkennendes »Is ja janz schöneken!« hören ließ. Nein, Mariettas Freude war ganz anders. Still und leuchtend, von innen heraus. Ihre Augen sprachen eine viel deutlichere Sprache als ihr Mund es vermochte. Wenn Frau Annemarie an die jubelnde Freude ihrer Ursel vor vielen Weihnachtsabenden zurückdachte, war es kaum denkbar, daß dies ihre Tochter war. Und doch das Warme, Strahlende, das war ihnen gemeinsam. Das war Familieneigenschaft, deren Urquell in Frau Annemarie selbst zu finden war.

Noch heute vermochte die Großmama ihrer Freude lebhafter Ausdruck zu geben als die

▷ C. Jung: Weihnachten, um 1910

◁ Unbekannter Künstler: St. Niklas, um 1905

Enkelin. Nein, daß das »Kind« auch noch für sie gearbeitet hatte, wo es doch schon genügend angestrengt war. Aber gerade solch eine weißgehäkelte Wollpelerine hatte sie sich gewünscht. Wie hatte das Marietta nur in Erfahrung gebracht. Ach, war das weich, wollig und mollig. Die Großmama mußte sie gleich umtun. »Na, wie gefalle ich dir, mein Alterchen?« Und dabei sah sie mit ihrem schneeweißen Haar so jung und hübsch aus, daß der alte Geheimrat seine und ihre Jahre vergaß und seiner Annemarie einen Kuß geben mußte – wie einst im Mai. Er selbst stand mit etwas gemischten Gefühlen vor dem Weihnachtstisch, den Marietta aufgebaut hatte. Ein Pelz lag da, ein nagelneuer, kostbarer Otterpelz. »Aber von mir ist nur die Pelzmütze, der Pelz ist von den Eltern, Großpapa, weil dein alter nun wirklich schon ausgedient hat. Damit kannst du Kunze glücklich machen, hat Mami geschrieben, als sie mir den ehrenvollen Auftrag erteilte.«

»Was, mein schöner alter Pelz? Ich denk' halt gar nit dran. Lieber geb' ich den neuen her. Wir beide sind miteinander alt geworden, der Pelz und ich, haben Wind und Wetter miteinander Trotz geboten. Solange mein alter Kadaver noch hält, hält der Pelz noch lange. Und wenn ich der Kaffeekönigin von Brasilien nimmer gut genug in dem alten bin, dann soll sie halt nur im Sommer herkommen.« Er hatte sich ordentlich ins Poltern hineingeredet, der alte Herr.

Marietta stand ganz bestürzt über die Wirkung ihres Geschenkes. Großmama aber lachte ihr liebes, ansteckendes Lachen. »Nun sieh mir einer diesen Poltergeist an. Bekommt einen so herrlichen Pelz geschenkt und tut, als ob man ihm seinen fortstibitzen will. Das hätte unser Urselchen mit anhören müssen. Ausgeschüttet hätte sie sich vor Lachen. Schau nur, wie betroffen das Kind dasteht. Also, ich denke, wir schließen einen Kompromiß, mein Alter. Bei Wind und Wetter bleibst du deinem alten Pelzkumpanen treu, und wenn du mit deiner lieben Frau spazieren geht, führst du den neuen aus. Ist's so recht?«

»Meine Frau hat immer recht.« Der Großvater war schon wieder besänftigt. »Aber daß du mir nimmer wieder so unvernünftig viel Geld vertust, Mariele. Davon kann eine Familie halt ein ganzes Jahr leben.«

Mariettas Gesichtsausdruck wurde noch bestürzter. Hatte sie nicht recht gehandelt, daß sie den kostbaren Pelz gekauft? Wenn sie an das Elend da unten in dem Keller dachte … nun, da würde sie schon helfen. Sie hatte es sich sowieso vorgenommen. Der Weihnachtsscheck, den der Vater ihr jedes Jahr anweisen ließ, der sollte dazu verwendet werden, den armen Menschen wieder eine Existenz und bessere Lebensmöglichkeiten zu schaffen.

Da rief auch schon die Großmama in ihrer heiteren Art: »Laß nur gut sein, Seelchen, der Kürschner will auch leben. Nun wollen wir aber die Weihnachtskiste aus Brasilien auspacken.« Die bildete stets den Höhepunkt des Festes.

Kunze hatte bereits vorher den Deckel gelöst. Aber zur Bescherung durfte erst ausgepackt werden. Das war alljährliche Überlieferung.

»Jetzt werden sie mir halt noch Pelzstiefel und 'nen Fußsack aus den Tropen schicken – 's ist halt das Geeignetste von dort«, meinte der Geheimrat schon wieder schmunzelnd.

»Undankbarer Gesell, da sieh, was dir dein Urselchen schickt. Ein großes Ölgemälde von Donna Tavares. Mein Urselchen!«

Die Weihnachtskiste wäre sobald wohl nicht weiter ausgepackt worden, denn Großpapa, Großmama und Marietta waren vollständig versunken in die noch immer liebreizenden Züge des goldhaarigen Frauenbildnisses. In diesem Augenblick gab es keine Entfernung. Da waren sie miteinander vereint.

Frau Trudchens Stimme: »Frau Jeheimrat, die Karpfen stehen mir janz ab«, mahnte sie wieder an ihre Pflicht. Aber gegen Ursels Bild kam nichts anderes mehr auf. Nicht das mattlila Seidenkleid für Marietta mit dem Begleitzettel der Mutter: »Es hat dieselbe Farbe wie mein erstes Konzertkleid, in dem ich mich verlobt habe. Mögest du, meine Jetta, ebenso glücklich darin werden!« Nein, nichts konnte mit Frau Ursels Bild konkurrieren.

Weder der Crêpe-de-Chine-Umhang mit den wunderbaren gestickten Blumen, in dem sich Frau Annemarie wie eine Fürstin vorkam, noch all die herrlichen Früchte und fremdartigen Süßigkeiten, die man in Europa nicht kannte. Nicht einmal das Schwarzseidene für Frau Trudchen, das diese aber bis zu ihrer Silberhochzeit aufheben wollte, kam dagegen auf.

Und dann waren die Weihnachtskarpfen verzehrt und die Meinungsverschiedenheit, ob Frau Ursels Bild im Biedermeierzimmer oder in des Geheimrats Zimmer den Ehrenplatz bekommen sollte, dahin entschieden worden, daß Kunze es im Wohnzimmer aufhängte. Und dann erloschen die Lichter eins nach dem andern. Und nur noch die Weihnachtslichter, die man selbst in den Herzen anderer entzündet, warfen ihren leuchtenden Schein bis in das Traumland hinein.

Else Ury

G. Schöbel: »Kleine Kaufleute«, um 1910

Lieder und Gedichte

»Stille Nacht, heilige Nacht« klingt es heute vom CD-Player oder aus dem Fernsehgerät. Dabei war das gemeinsame Singen in der Kirche seit Martin Luther ein wichtiger Schritt zur Demokratisierung im kirchlichen Leben. Die Luther-Legende berichtet auch über die alte Schülersitte, nach der Martin Luther als armer Kurrendesänger weihnachtliche Gaben eingesammelt haben soll. Diese Tradition des lateinischen »*Currere*«, des »Laufens«, ist auch in Berlin und in der Mark beheimatet.

Eine andere alte Tradition, die in diesem Jahrhundert in der Nikolaikirche wiederauflebte, ist das »Quempassingen«. Es begann frühmorgens und dauerte Stunden. Der Name rührt vom Anfangswort eines halblateinischen Hymnus auf die Geburt Christi her: »Quem pastores laudavere, den die Hirten lobten sehre, quibus angeli dixere, und die Engel noch viel mehre . . .« Die Christmesse begann um vier Uhr früh mit einer kunstvollen Aufführung von Luthers deutschem Weihnachtslied »Vom Himmel hoch«. Orgel und Chor intonierten dazu. So ging es stundenlang mit Wechselgesängen, Bibellesungen und Predigten fort. Anfang des 18. Jahrhunderts artete das Quempassingen in jahrmarktsähnliche Tumulte aus, was schließlich zum Verbot des Weihnachtsfestes insgesamt führte.

Erst im 19. Jahrhundert, als sich weihnachtliches Feiern aus der Öffentlichkeit in die bürgerlichen Stuben zurückzog, sang man im trauten Kreis der Familie. Nachdem jahrhundertelang das Glaubensbekenntnis wesentlicher Gesangsinhalt war, zeugten Weihnachtslieder nun – sie kamen vornehmlich aus Süddeutschland – von weltlichen Genüssen. Das Weihnachtsfest als Geschenkfest wurde besungen, zum Beispiel mit »Morgen, Kinder, wird's was geben«.

Paul Gerhardt dagegen erlebte die Schrecken des Dreißigjährigen Krieges und schrieb die Texte vieler preußisch-pietistischer Weihnachtslieder, die noch heute während der Weihnachtsmessen in Berlin gesungen werden. 1657 zum Diakonus zu St. Nicolai ernannt, wurde er als streng lutherischer Protestant auf Geheiß des Großen Kurfürsten 1666 aus dem Amt gejagt.

Seit dem 19. Jahrhundert gehört das Weihnachtsgedicht zum Fest: Kinder bekommen anschließend als Belohnung ihr Weihnachtsgeschenk.

Alter Quempasgesang aus der Mark

I. Chor: Den die Hirten lobeten sehre
II. Chor: und die Engel noch viel mehre
III. Chor: fürchtet euch hinfort nicht mehre
IV. Chor: euch ist geboren ein König der Ehren.

Quempassänger in der Nikolai-Kirche zu Berlin, 1935 (Foto Harry Schiffen)

Alle Chöre mit Gemeinde:

(In der gleichen Ordnung folgen die weiteren Gesätze.)

Die Kurrende, um 1910

Mehrere Knaben mit schwarzen dreieckigen Hüten und Mänteln gehen von Haus zu Haus, gruppieren sich um ihren Führer und singen. Inzwischen springt einer von ihnen zu den Leuten, welche sich nolens volens ansingen lassen müssen, und bittet um eine kleine Gabe. Die Tenöre sind ganz kleine Jungen, die Baritonisten etwas größere; den Baß besorgt der alte versoffene und krummbeinige Führer allein und läßt sich nur dann in seinem zarten Gebrüll unterbrechen, wenn der Sängerchor unartig wird, oder ein Glied desselben den Verdienst, welcher oft in Materialien besteht, gemütlich verzehrt.

Führer (den Ton angebend): »Üb ...«
Chor und Führer:
»Üb immer Treu und Redlichkeit
Bis an dein kühles Grab,
Und weiche keinen ...«
Führer (wackelt auf einen Jungen los, reißt ihm einen Salzkuchen aus der Hand und gibt ihm einen Katzenkopf): »Verdammter Bengel, ick schmeiß dir gleich ...«
(Singt wieder im tiefsten Basse:)
»... Finger breit
Von Gottes Wegen ab,
Von Gottes Wegen ab.«
»Loof darin, Bengel, bei den Schlächter, un seh zu, wat de kriegst.«
»Dann wirst du wie auf grüner Au
Durch's Erdenleben geh'n;
Dann ...«
Ein Tenor: »Na, det laßt de sind, dummer Schafskopp.«
Ein Bariton: »Wenn de stoßt, stech ick dir 'ne Bremse!«
(Er holt mit der Hand aus.)
Führer (auf sie losfahrend): »Na, wat is hier wieder los! Ruhig, verfluchte Bengels!«
»... Kannst du ohne Furcht und Grau'n

Unbekannter Künstler: Die Kurrende, um 1880

Dem Tod in' Auge seh'n,
Dem Tod ...«
(zu dem Sammler): »Infamige Kröte, wirst du die Leberwurst nich anknabbern! Jleich gibste her, Jierschlunk!«
»Dem Bösewicht wird alles schwer,
Er tue was ...«
»Wat stechst du da in, Reeseler? Mach mal de Hände uf!«
Ein Tenorist: »Det sind sechs Dreier, die mir dadrin een Mann für mir alleene jeschenkt hat.«
Führer: »Wat, vor dir alleene? Willste jleich rausrücken, du Halunke, du! Wovor jloobsten, det ick mir hier mit euch de Ohren voll singe (steckt das Geld ein), Schafskopp!«
»... was er tu';
Das Laster treibt ihn hin und her,
Und läßt ihm keine Ruh',
Und läßt ihm keine Ruh'.«
Sie nehmen sämtlich die Hüte ab und stellen sich vor dem nächsten Hause auf. Unterwegs spricht der Führer mit zornglühendem Gesichte zum Chor: »Infamige Jungens, nu sag' ick euch zum letzten Mal (er nimmt die Schnapsflasche aus der Tasche und trinkt), wenn ihr nu nich allens an euren Herrn abliefert und euch orndlich bedragt, so schlag ick euch eure dumme Köppe in, dumme Jungens!« (Einstimmend.) »Laßt ...«
»Laßt uns, ihr Brüder, Weisheit erhöh'n,
Singet ihr Lieder, feurig und schön.«

Unbekannter Autor

Christkind

Text: Robert Reinick

Musik: Carl Reinecke

Th. Hosemann: Christfreude, 1853

Kommt und laßt uns Christum ehren, 1666

Paul Gerhardt

Weise: Den die Hirten lobeten sehre,
14. Jahrhundert

Jeder spiele sein Instrument
Doch schweige lieber, wer Takt nicht kennt.
Kannst du auf einer Saite nur spielen,
Ist's besser, als Stümper sein auf vielen;
Das Herz wird aber dein Spiel nur verstehn,
Sobald es dir wird von Herzen gehn.

2. Sünd und Hölle mag sich grämen,
Tod und Teufel mag sich schämen;
wir, die unser Heil annehmen,
werfen allen Kummer hin.

3. Sehet, was hat Gott gegeben:
Seinen Sohn zum ewgen Leben.
Dieser kann und will uns heben
aus dem Leid ins Himmels Freud.

4. Seine Seel ist uns gewogen,
Lieb und Gunst hat ihn gezogen,
uns, die Satanas betrogen,
zu besuchen aus der Höh.

5. Jakobs Stern ist aufgegangen,
stillt das sehnliche Verlangen,
bricht den Kopf der alten Schlangen
und zerstört der Höllen Reich.

6. O du hochgesegnete Stunde,
da wir das von Herzensgrunde
glauben und mit unserm Munde
danken dir, o Jesulein!

7. Schönstes Kindlein in dem Stalle,
sei uns freundlich, bring uns alle
dahin, da mit süßem Schalle
dich der Engel Heer erhöht.

Pletsch: Hausmusik, 1863

Weihnachten, 1919

Nikolaus der Gute
kommt mit einer Rute,
greift in seinen vollen Sack –
dir ein Päckchen – mir ein Pack.
Ruth Maria kriegt ein Buch
und ein Baumwolltaschentuch,
Noske einen Ehrensäbel
und ein Buch vom alten Bebel,
sozusagen zur Erheiterung,
zur Gelehrsamkeitserweiterung ...
Marloh kriegt ein Kaiserbild
und 'nen blanken Ehrenschild.

Oberst Reinhard kriegt zum Hohn
die gesetzliche Pension ...
Tante Lo, die, wie ihr wißt,
immer, immer müde ist,
kriegt von mir ein dickes Kissen.–
Und auch hinter die Kulissen
kommt der gute Weihnachtsmann:
Nimmt sich mancher Leute an,
schenkt da einen ganzen Sack
guten alten Kunstgeschmack.
Schenkt der Orska alle Rollen
Wedekinder, kesse Bollen –

(Hosenrollen mag sie nicht:
dabei sieht man nur Gesicht ...).
Der kriegt eine Bauerntruhe,
Fräulein Hippel neue Schuhe,
jener hält die liebste Hand –
Und das Land? Und das Land?
Bitt' ich dich, so sehr ich kann:
Schenk ihm Ruhe –
lieber Weihnachtsmann!

Kurt Tucholsky

H. Zille: Weihnachtsmarkt auf dem Alexanderplatz, 1905

A. Schwarz: »Ein kritischer Moment«, um 1900

Schenken, 1920

Schenke groß oder klein,
aber immer gediegen!
Wenn die Bedachten die Gaben wiegen,
sei dein Gewissen rein.

Schenke herzlich und frei!
Schenke dabei,
was in dir wohnt
an Meinung, Geschmack und Humor,
so daß die eigne Freude zuvor
dich reichlich belohnt.

Schenke mit Geist ohne List!
Sei eingedenk,
daß dein Geschenk
du selber bist!

Joachim Ringelnatz

Briefe

Das Weihnachtsfest war und ist immer auch Anlaß, schriftlich Wünsche, Gedanken und Worte des Dankes an Verwandte und Freunde zu übermitteln.
Weihnachtsbriefe zu schreiben bedeutete im Berlin des 19. Jahrhunderts und um die Jahrhundertwende zweierlei: Zum einen waren es liebevoll geschriebene Wünsche und Bezeugungen heißer Dankbarkeit, die auf den Weg gebracht wurden. Andererseits saßen Kinder lange vor Weihnachten mit verkrampften und tintenverschmierten Fingerchen an ihren Schreibaufgaben, um den Eltern am Heiligen Abend den mühselig in Schönschrift geschriebenen Vers vorzutragen. Dazu gab es vorgefertigte Weihnachtsdrucke, die man vor dem Fest kaufte. Voller heimlicher Freude suchten Kinder mit ihren Lehrern oder Gouvernanten diese Weihnachtsdrucke und dazu passende Gedichte aus, die sie mit zittriger Hand auf das kostbare Papier übertrugen. Fast immer wurde eine Extraseite für den Fall eingelegt, daß man sich verschrieb. Viele Kinder machten unzählige Versuche, um den weihnachtlichen Dankesvers an die Eltern fehlerfrei und besonders schön aufzumalen. Am Weihnachtsabend trugen sie dann aufgeregt den mühselig geschriebenen Vers vor und überreichten ihn als Geschenk. Erst nach einwandfreier Leistung wurde beschert.
Ganz anders dagegen die Kunst des Briefeschreibens im 19. Jahrhundert, die eine Angelegenheit des Herzens war. Eine ungewöhnliche Art der Freude teilt »der Kobold« Bettina von Arnim 1846 ihrer Schwester Kunigunde von Savigny über das weihnachtliche Eßpaket mit. Nach einer weihnachtlichen Prügelei fragte sie sich: »Kann eine Bescherung glücklicher vonstatten gehen?« Ganz im Gegensatz dazu ist bei Fontanes auch am Weihnachtsabend 1859 Schmalhans Küchenmeister. Theodor Fontanes Brief an die Mutter, der wie viele seiner Schreiben an Verwandte und Freunde von der Mühseligkeit des Alltags erzählt, drückt den bewußten Verzicht aus. Eine besondere Briefsprache entdeckt man bei Joachim Ringelnatz im Dezember 1918: Sein zweiteiliger Weihnachtsbrief an die Freundin ist liebevoll-ironisch und zärtlich.

Weihnachtliches Schönschreiben

Im Laufe des 19. Jahrhunderts bürgerte sich die Gewohnheit ein, zu allen möglichen Anlässen Glückwünsche zu verschicken. Millionenfach wurden sie um 1900 zum Weihnachtsfest geschrieben. Eine besondere Art, Glück zu wünschen, war das Schreiben von Weihnachtsbriefen. Kinder versprachen ihren Eltern in ihrer schönsten Schrift, immer artig zu sein. Dieses Versprechen wurde in vorgedruckten Glückwunschbriefen in Versform gegeben. Diese Bögen, ausgestattet mit handkolorierten Lithographien, mit Stahl- oder Holzstichen oder mit Prägedrucken, gehörten Anfang dieses Jahrhunderts zum festen Weihnachtsbrauch wie der Tannebaum. Die Engel der Sixtinischen Madonna schlugen in ihrem Beliebtheitsgrad jede andere Abbildung.
Aber auch Weihnachtsbäume, Rankenwerk oder der Weihnachtsmann in Begleitung von Engeln waren begehrte Motive auf Weihnachtswunschbriefen.
Herrmann Weitling, dessen Weihnachtswunschbriefe aus zwei unterschiedlichen Jahren hier abgebildet sind, hat jeweils verschiedene Arten vorgefertigter Papierdrucke verwendet.
Auf dieser Seite ist ein sogenannter Allzweck-Glückwunschbogen zu sehen. Ornament und Text konnten für vielfältige Zwecke verwendet werden; je nach festlichem Anlaß veränderte die Lithographische Anstalt durch ein kleines Bildmotiv oben links den Bogen: Der wenig weihnachtlich wirkende Wunschbogen wird hier durch die Aufnahme einer in einem Rahmen befindlichen kleinen Abbildung zum Weihnachtsdruck. Der Briefdruck auf Seite 61 zeigt einen der ausschließlich für das Weihnachtsfest gestalteten Bogen, die nach 1880 – mit der rasanten Entwicklung des Druckwesens – üblich wurden. Bildmotiv und Text sind allein als Weihnachtswunschbogen hergestellt. Beide Arten von Bögen verfolgten den gleichen Verwendungszweck: Klappte man den bedruckten Bogen auf, so forderte die zweite, leere Seite unerbittlich zum Schönschreiben auf. Häufig war dieser Weihnachtswunschbrief auch das wichtigste Geschenk an die Eltern am Heiligen Abend, wie dieses Sprüchlein beweist:

Was ich Euch schenk, ist dieses Blatt,
Worauf ich dieses Verslein schrieb,
Wenn's auch viel Müh gekostet hat,
Ich tat es gern. Ich hab' Euch lieb.

Herrmann Weitling schrieb 1889 als Zehnjähriger einen Weihnachts-Dankbrief an seine Eltern. In dem eigens dafür gekauften doppelseitigen Vordruck schrieb er in Schönschrift das folgende Gedicht:

Heut erschien die frohe Stunde,
Die uns Kinder hoch entzückt,
Und es tönt aus Herz und Munde:
O, wie fühl' ich mich beglückt!

Denn es hat sich Eure Liebe,
Teure Eltern, treu bewährt,
Ich sah hier aus gutem Triebe
Schöne Gaben mir beschert!

Könnte ich Euch doch vergelten!
Ach, ich bin so arm und klein!
Aber Gott, der Herr der Welten
Wird für mich vergeltend sein!

Dankbar will ich mich bezeugen,
Mich bestreben jeden Tag,
Daß ich bald mein Ziel erreiche,
Fromm und weise werden mag.

Folgsam will ich Euch stets dienen,
Euch die größte Achtung weisen,
Und ein Blick von Euren Mienen
Soll schon ein Gebot mir sein.

Gott erfreue mich mit Wonne,
Schenke Euch stets Wohl und Glück,
Und mit jeder Morgensonne
Kehre neue Freud' zurück.

An die Schwester Kunigunde von Savigny, 1846

Liebe Gunda!
Das kannst Du denken, daß Deine Kiste mit großer Gewissenhaftigkeit uneröffnet blieb bis zum Augenblick der Bescherung. Jede genießbare Delikateß wurde mit lautem Jubel empfangen, wir wollten recht ein festlich Mahl halten und machten den Beding, daß gar nichts solle verspart werden. Wie kam's nun, daß wir mit einmal allesamt darauf vergaßen und keiner mehr Appetit darauf hatte, sondern in dem plötzlich alle Grenzen übersteigenden Jubel sich einer um den andren drehte, Prügel austeilte, die ebenso begeistert empfangen als gegeben wurden? Luftsprünge, die nur mit größter Energie auszuführen, gelangen allen drei Mädchen, als hätten sie lernen auf dem Seil zu tanzen, und Friedmund mischte sich dazwischen mit kühnen Fechterpositionen, indem er seine Oberkleider von sich warf und mit beiden Armen weit ausgriff; sang dazu: »Seid umschlungen, Millionen!« Dazwischen tanzten sie wieder, schrien, jauchzten, tobten, daß die Wände zitterten, umarmten sich und prügelten wieder drauf los. Ich hab auch eine Menge Prügel erhalten, und endlich freuten sie sich noch mehr, daß jeder seine Prügel fühle. Gisel behauptete, sie müsse braun und blau sein, die andern ließen sich aber auch ihre Prügel nicht verringern, kurz jeder war zufrieden mit dem, was er erhalten habe; jeder war überzeugt, er habe das meiste von dieser allgemeinen Prügelausteilung. Kann eine Bescherung glücklicher vonstatten gehen? Ja, sie riefen: Nie haben wir ein so schönes Weihnachtsfest erlebt! Ausgeteilt wurde alles von Kuchen an das Hofgesinde; denn wir hatten keinen Appetit mehr, aller Geschmack war uns vergangen, aber Klopfen, Jauchzen, auf den Tisch pauken nahm kein Ende …

Deine in der Empfindung ihres Glückes
Dich doppelt liebende Schwester Bettine.

Am Weihnachtsfest 1846
Ich grüße Euch alle herzlich.

Bettine von Arnim

An die Mutter, 1859

Berlin, den 21. Dezember 1859

Meine liebe, gute Mama.
Der Zeremonienmeister des diesmaligen Weihnachtsfestes hat angeordnet: »Die Herrn erscheinen mit leeren Händen; die Damen schließen sich den Herren an.« So stehn die Sachen; aber wenigstens mit leerem Herzen wollen wir nicht kommen, und so nimm wenigstens unsre herzlichsten Glückwünsche entgegen. Wir werden den Heiligabend natürlich »im engsten Zirkel« zubringen und die Heiterkeit der Kinder wird ersetzen müssen, was sonst wohl fehlt. Glücklicherweise sind wir beide nicht so geartet, daß die Abwesenheit von Samt und Seide uns besonders bedrückt.
Die unsterblichen Werke Bratrings und Hoppes sind nun hoffentlich wieder in den Händen ihrer Besitzer, und Kühn und Hoffmann gehen ohne Mahnung in Blick und Wort an euch vorüber. Den Wustrau-Aufsatz habt ihr wohl in der Kreuz-Zeitung gelesen; der über Carwe folgt wahrscheinlich am nächsten Sonnabend und dient dann als Festlektüre und Kuchenpapier. Emilie ist pumplich, hält aber den Kopf oben und steigert nicht nutzlos das Päckchen Sorgen, das ich ohnehin zu tragen habe. Die Kinder sind wohl und recht nett, natürlich der Große mit dem üblichen Beisatz von Waschlappig-, der Kleine von Rüplichkeit. George brachte heut eine recht gute Zensur; an Lerneifer fehlt es ihm nicht.
Mich beschäftigen jetzt zumeist meine Vorlesungen, die am 11. Januar beginnen sollen. Ich verspreche mir nicht viel davon, denn gan andre Dinge haben ja auch zu nichts geführt, aber ich fühle die Notwendigkeit, mal wieder vor dem Publikum zu erscheinen und diesen und jenen wissen zu lassen, daß ich noch da bin.
Zum neuen Jahre schreib' ich noch mal. Grüße und Empfehlungen an Scherzens und Nernsts. Dir und Lisen den herzlichsten Kuß und nochmals den Wunsch: »Frohe Feiertage!« Leb wohl, wie immer Dein Theodor.

Theodor Fontane

An die Freundin
Annemarie Ruland,
1918

Berlin, 23. Dezember 1918

Kleines Bampf, rundes liebes Bampf,
heute erhielt ich Dein Weihnachtsbriefchen, morgen, so nehme ich an, trifft Dein unartiges Paketchen ein. Wirst hoffentlich doch noch in eine hübsche Stimmung und evtl. auch in freundliche Gesellschaft am Heiligen Abend kommen. Jedenfalls werde ich um 9 Uhr – komme was kommen mag – Dein Wohl trinken und herzlichst Deiner gedenken. Wenn Du je ein Gefühl des Geborgenseins bei mir hattest, so kannst Du Dir das mit Fug und Recht bewahren so lange Du magst, denn ich habe Dich lieb. Anbei Karte von Pampig (vernichte sie) und den Stoff zurück, der nett ist. Wie schade, daß Deine Meldung eines Häuschens annulliert ist; ich wäre dann übrigens in Deine Nähe gekommen. Also nervös geworden bist Du, na, da wird die Zimmerordnung wieder schön florieren! Ich hab' heute solch mächtige Aufhipfelgedanken, aber ich wüßte nicht, wohin sie tragen, denn die Kautsky ist mir zu kostspielig. Sag mal, hattest oder hast Du nicht eine p... Freundin hier, bei der ich mal äußerlich ein viertel Ersatz finden könnte? Zum Dichten komme ich nicht, ich mache allerhand Besorgungen für Seelen und ihren Bruder, und über diesem, dem Essen und dem Zeitunglesen vergeht die Zeit. Da ist auch das leidige Briefeschreiben dabei.
2. Feiertag. Du Goldiges, heute erst mit aufgebrochenen Siegeln, aber unversehrt traf Dein rührendes reiches, allzu reiches Paket ein. Wie Du fleißig für mich gewesen bist! Wie Du lieb sinnig gepackt hast! Gott vergelt es Dir tausendmal. Ich bin nicht, wie es nahe läge, beschämt darüber, daß ich Dir nur solch winzigen Gruß sandte, denn ich weiß, Deine treue Freundschaft legt das nicht auf die Waage. Ich empfinde nur Dankbarkeit und Liebe und habe Sehnsucht nach Dir. Im Frack, ordengeschmückt, nach gebratener Ente mit Sekt, sitze ich in den kunstvollen weiten Räumen der Dunskyschen Wohnung und träume von einem Eheglück mit Dir und bin, so reich ich von Seelchen und ihrem Bruder (Herrn Dunsky) bedacht und so warm ich mit Innigkeit erwärmt worden bin, ein wenig traurig.
Ade, mein Liebling. In Gedanken Dich ans Herz schließend, bitte ich Dich, bleibe dem Guten treu und wahre Dein Vertrauen
Deinem Hans Specht

Ja, die Mappe enthält viel Anregendes. Das Kissen wird morgen überzogen. Fein, fein ist das Muster! Du Goldige, hat Dir der Weihnachtsmann eine Rute gebracht?

Joachim Ringelnatz

Weihnachtsmenü

Weihnachten ohne süßes Gebäck, ohne fetten Braten und ohne einen Tropfen – das war und ist undenkbar. Die Adventszeit war traditionell Fastenzeit. Ehe die Fastenzeit begann, schlug man sich noch rechtzeitig den Bauch voll. Ein willkommener Anlaß war der 11. November, der Tag des heiligen Martin, zu dessen Ehren eine fette Gans geschlachtet wurde. Brauch war es auch, ein Weihnachtsschwein seit der Erntezeit zu mästen. Zum Schlachten mußte man vor der Fastenzeit »Schwein haben«. Schweineschlachttag ist der 14. November, der Philippustag. Je nach Region begann am 11. oder am 14. November die Fastenzeit.

Der Brauch, am Heiligen Abend Fisch zu essen, stammt aus der Fastenzeit. Fisch, besonders Karpfen, galt als Fastenspeise. In noch früherer Zeit glaubte man an die Schutz- und Zauberkraft des Essens zur Mittwinterzeit. Es gab Salate mit siebenerlei oder neunerlei Zutaten, keimende und quellende Gerichte aus Bohnen und Linsen: Sichtbare Zeichen für zukünftiges Glück und üppigen Wohlstand verhießen körnerreicher Mohnkuchen und Fisch mit viel Rogen. »Apfel, Nuß und Mandelkern …« – Weihnachtsäpfel brachten Gesundheit, und aus den Nußkernen konnte man die Zukunft lesen.

Strenggläubige Christen aßen frühestens nach der Mitternachtsmesse die erste Mahlzeit, dann allerdings ein üppiges Weihnachtsfestmahl. Erst in unserem Jahrhundert wurden Karpfen »blau« und die Weihnachtsgans beliebte Festtagsessen. Im Jahr 1928 wurde eine Million Gänse aus dem Oderbruch nach Berlin geliefert. Das geflügelte Berliner Wort »Eene jut jebrat'ne Jans is 'ne jute Jabe Jottes« zeigt die Beliebtheit dieses schmackhaften Vogels, den schon die Germanen als Haustier schätzten. Zu den mittwinterlichen Julfesten wurde allerdings auch gern der Kopf eines wilden Ebers serviert. Gänsemarkt war den ganzen Dezember zweimal in der Woche auf dem Gendarmenmarkt und dem Dönhoffplatz. Üppige Festtagsbraten wurden und werden an den beiden Weihnachtsfeiertagen im Kreis der Familie aufgetischt. Aber nicht nur einen Braten, ein ganzes Menü mit Vor-, Haupt- und Nachspeise bereitet die Hausfrau, die dann völlig erschöpft am Tisch sitzt. Aber auch das gehört bis heute zum Weihnachtsfest.

Ein üppiges Weihnachtsmahl

L. Kurth, Lehrer der Kochkunst in Berlin, schlägt in seinem »Illustrierten Kochbuch für bürgerliche Haushaltungen wie auch für die feine Küche« aus dem Jahr 1887, Seite 13, ein mehr als sechzehngängiges Menü vor:

Erster Gang:	*Die Suppen, zweierlei, eine klare und eine gebundene.*
Zweiter Gang:	*Die kalten Hors d'œuvres (Austern, Caviar usw.).*
Dritter Gang:	*Warme Hors d'œuvres (kleine Pasteten, Croquets).*
Vierter Gang:	*Die Fische, welche in der Regel ganz zubereitet sind.*
Fünfter Gang:	*Die großen Fleischstücke mit Garnitur und Sauce.*
Sechster Gang:	*Die Gemüse mit warmen Beilagen.*
Siebenter Gang:	*Die warmen Entrées mit weißer Sauce.*
Achter Gang:	*Warme Entrées mit brauner Sauce oder Ragout – Hier gibt man auch die warmen Pasteten, Vol-au-vent, Timbals.*
Neunter Gang:	*Kalte Entrées – Die kalten Pasteten machen mitunter einen eigenen Gang nach den feineren Gemüsen hinter dem Braten aus.*
Zehnter Gang:	*Die Braten (Wild und Geflügel) mit Salat.*
Elfter Gang:	*Die feinen Gemüse ohne Beilagen.*
Zwölfter Gang:	*Die Compotes (gedämpftes Obst, Eingemachtes).*
Dreizehnter Gang:	*Die warmen Mehlspeisen – In vielen Häusern ist es Sitte, die warmen Mehlspeisen vor dem Braten zu geben.*
Vierzehnter Gang:	*Die kalten Mehlspeisen (Crèmes, Gelées usw.).*
Fünfzehnter Gang:	*Die Backerei.*
Sechzehnter Gang:	*Das Gefrorene.*

Zuletzt folgt das Dessert. Butter und Käse gibt man fast immer vor dem Gefrorenen.

Schnelle Küche am Heiligen Abend

In der Fischer- und Kaufmannsstadt der »Spree-Athener« schätzte man von jeher Fisch aus heimischen Gewässern. Aber auch Heringe sind sehr beliebt. Lieblingsspeise war der in Milch und Zwiebeln eingelegte saure Hering, ebenso der Rollmops, ein gewässertes Heringsfilet, das um eine Gurke und Zwiebelringe gerollt und mit einem Holzspießchen zusammengehalten wird. Dazu gibt es Kartoffelsalat, der nur aus Kartoffeln, Zwiebelwürfeln, Essig und Öl besteht und mit Salz, Zucker und Pfeffer abgeschmeckt wird. Am Heiligabend ißt man zum Kartoffelsalat auch ein Paar »lange Wiener«, benannt nach dem Berliner Schlächtermeister Wien am Hackeschen Markt, der diese erstmals herstellte.

Eine weitere Berliner Tradition war es, am 24. Dezember abends Heringssalat zu essen. Adelheid Mommsen berichtet darüber: »Am 24. Dezember morgens wurde die wohlvorbereitete Weihnachtsstube der Mutter überlassen ... Wir hatten mit unseren Weihnachtsgeschenken auch alle Hände voll zu tun. Dazu war der Heringssalat zu schneiden, der zum Abend und mindestens für die Feiertagsfrühstücke reichen sollte.«

Heringssalat

2 milcherne Salzheringe, 2 Pellkartoffeln, 1 Sellerieknolle, 1 saure Gurke, 2 säuerliche Äpfel, 250 g Kalbsbraten, Weinessig, 1 Zwiebel, Öl, Garnierung

Große Salzheringe wässern, ausnehmen und häuten. Gräten herauslösen und Heringsfleisch in kleine Würfel schneiden. Zwei geschälte Pellkartoffeln, eine kleine, geputzte und gekochte Sellerieknolle, eine saure Gurke, zwei geschälte Äpfel, Kalbsbraten in kleine Würfel schneiden.
Heringsmilch wässern, Haut abziehen und durch ein Sieb drücken. Zwei Eßlöffel Weinessig, eine geriebene Zwiebel, vier oder fünf Eßlöffel Sahne und tropfenweise Olivenöl mit der Heringsmilch vermischen. Mit Pfeffer und ganz wenig Zucker abschmecken. Die Sauce vorsichtig unter den Salat mischen und kaltstellen. Zum Schluß mit Gurke, Radieschen, harten Eiern garnieren.

Menü am ersten Feiertag

1. Gang:
Havelländische Krebssuppe
Im 18. Jahrhundert wurden in wohlhabenden Berliner Familien bei Tisch Messer und Gabel verwendet. Anstatt aus einer gemeinsamen Schüssel zu essen, war nun in preußischen Bürgerhäusern eine Tellerkultur üblich. Über Friedrich II. wird allerdings berichtet: »Bei der Tafel bediente er sich anstatt der Gabel oft der Finger, und Suppen und Brühen flossen oft auf seine Kleidung, die sehr fleckig wurde ..., so war nach aufgehobener Tafel die Stelle, wo er an derselben gegessen, sehr kenntlich.« Im alten Berlin, anfangs ein Fischerdorf, war der Krebsfang für ein feines Süppchen üblich. Auf dem Stralauer Fischzug führte man als Zeichen immer einen Riesenkrebs mit.

20 Flußkrebse, 3/4 l Weißwein, 3/4 l Wasser, 1 Suppengrün, 4 Pfefferkörner, 3 Eßlöffel Butter, Salz

Einen Sud aus Wasser und Wein bereiten. Suppengrün putzen, zerkleinern und in den Sud geben. Mit Pfefferkörnern und Salz würzen, Butter in den Sud rühren. 1/2 Stunde köcheln lassen. Die Krebse nacheinander in sprudelndem Wasser 10 Minuten kochen lassen, herausnehmen. Die Krebse im Sud 10 Minuten ziehen lassen. Heiß auftragen.

2. Gang:
Teltower Rübchen mit Kasseler Rippenspeer
Teltower Rübchen – das ist eine Gemüsesorte, die besonders gut auf den trockenen, märkischen Sandböden gedeiht und nicht nur bei den Berlinern sehr beliebt ist. Goethe ließ sie sich von seinem Freund, dem Liederdichter Zelter, mit der Eilpost nach Weimar schicken. Im legendären Haus Vaterland hieß eine der vielen Lokalitäten mit feinen Altberliner Speisen »Teltower Rübchen«.
Das Kasseler Rippenspeer, so benannt nach dem wegen seiner vorzüglichen Fleisch- und Wurstwaren stadtbekannten Fleischermeister Cassel an der Potsdamer Straße, der um die Jahrhundertwende mit einer besonderen Art des Räucherns und Pökelns das Fleisch haltbar machte, paßt gut zu dem zarten Gemüse.
Wenn man einen flachen Topf benutzt, kann man die Kasseler Rippe wenigstens teilweise gleichzeitig mit der Gans im Backofen braten. Sonst kann man das Kasseler auch gekocht servieren.

1 kg Kasseler Rücken (Knochen beim Fleischer gleich herauslösen und zerkleinern lassen), 1 Suppengrün, 1 große Zwiebel, zum Würzen: 5 zerdrückte Wacholderbeeren, 1 cm Zimtstange, schwarzer Pfeffer, 1 zerkleinerte Scheibe Pumpernickel, 1 Schuß Rotwein, 1/8 l Sahne, 1 Teelöffel Mondamin

Das **Kasseler** mit dem gesäuberten, klein geschnittenen Suppengrün und der zerkleinerten Zwiebel, den Wacholderbeeren, der Zimtstange, dem Pfeffer, dem Lorbeerblatt und Pumpernickel im 200 Grad vorgeheizten Backofen garen, öfters wenden und begießen. Falls notwendig, wenig Wasser hinzufügen. Nach 40 Minuten Garzeit Knochen und Fleisch herausnehmen und warmstellen. Bratenfond ablösen, durch ein Sieb seien und mit Rotwein und Sahne kurz aufkochen lassen. Mit dem Mondamin zu einer Soße binden.

1 kg Teltower Rübchen, 2 Eßlöffel Puderzucker, 4 Eßlöffel Butter, 1 Eßlöffel Mehl, Salz, Pfeffer, Zitronensaft

Die **Rübchen** sorgfältig abschaben, waschen, trocknen. Zwei Eßlöffel Puderzucker in einem flachen Gefäß bräunen, drei Eßlöffel Butter einrühren. Die Rübchen dazugeben und bräunen. Einen Eßlöffel Mehl zu einer Schwitze verrühren und mit 1/4 l Flüssigkeit (evtl. Fleischbrühe) ablöschen. Mit Salz, Pfeffer, Zitronensaft würzen und die Rübchen garen.

3. Gang:
Gänsebraten mit Rotkraut und Kartoffeln

Wenn man mag, kann man schon im November, am Martinstag, eine knusprige **Gans** essen. Der 11. November war zugleich ein wichtiger Tag im Wirtschaftsjahr der Bauern, an dem sie ihre Abgaben an Obrigkeit und Geistlichkeit leisten mußten. Außerdem eignet sich der 11. November, der Martinstag, vorzüglich, um die seit dem Sommer gemästete Gans zu schlachten. Am nächsten Tag konnte die Fastenzeit beginnen. Warum gerade die Martinsgans diesem bescheidenen Heiligen zugedacht wird, bleibt ein Geheimnis. Bekanntermaßen teilte Martin als junger, römischer Besatzungssoldat in Frankreich seinen Mantel mit einem Bettler. Eine Legende erzählt, daß er sich im Gänsestall versteckte, als ihn die Leute von Tours zum Bischof ernennen wollten. Die Gänseschar schnatterte wild durcheinander, und ihre Schnäbel verrieten, was für ein heiliger Mann sich in ihrem Stall versteckte. Im Triumphzug geleitete man ihn zur Bischofsweihe nach Tours.

Von November an rumpelten Bauern mit ihren Planwagen, an denen die geschlachteten Hafermastgänse baumelten, aus den Dörfern auf dem Barnim, dem Teltow, aus dem Oderbruch und aus Pommern nach Berlin. Was mußten unsere Großmütter beim Kauf einer Weihnachtsgans nicht alles beachten: Eine runde Brust, weiße Haut und biegsame gelbe Füße mußte das liebe Federvieh haben – dann war es nicht zu alt, zumindest nicht älter als 18 Monate. Fett mußte sein für die Liebhaber von Gänseschmalz, aber wiederum nicht zu fett. Ein Spruch macht noch heute die Runde: »Derjenige, der eine Gans mit vier Keulen züchtet, gewinnt einen Taler.«

Die Berliner Gans wurde in der Vergangenheit sehr schlicht zubereitet: Nach gründlicher Reinigung innen und außen rieb man sie mit Salz ein, füllte sie mit zwei Äpfeln und etwas Beifuß und nähte sie anschließend zu. In den Bräter wurden zwei geschälte und halbierte Zwiebeln gelegt. In gutbürgerlichen Haushalten fiel, dem Geldbeutel entsprechend, die Füllung exklusiver aus.

Je nach Personenanzahl eine größere oder kleinere Gans, Salz, zwei säuerliche Äpfel, 1 Teelöffel Zucker, 1 unbehandelte Zitrone, 1 Teelöffel geriebene Semmel, 1 Bund Beifuß, eine Handvoll Rosinen, nach Bedarf Butter

Nachdem die Gans innen und außen eingesalzen wurde, füllt man sie. Die Füllung besteht aus geschälten und zerkleinerten Äpfeln, etwas Zucker, gehackter Zitronenschale, wenig geriebener Semmel, zerkleinertem und gebrühtem Beifuß und gequollenen Rosinen. Wer es wie die echten Berliner mag, brät diese Füllung erst in etwas Butter an. Man muß wissen, daß die Berliner eine Schwäche für Butter haben, die sie nicht nur zu jeder Mahlzeit essen, sondern auch auf rohen Speck und auf das weichgekochte Frühstücksei schmieren. Dann füllt man die Gans mit dieser Mischung, legt sie in einen Bräter, gießt nur ein wenig Wasser unter und läßt die Gans unter fleißigem Begießen 2 bis 3 Stunden weich braten. Das Fett schöpft man immer wieder ab, so daß es nicht verbrennen kann. Vor dem Servieren werden die Fäden herausgezogen. Die Gans wird tranchiert, und die Füllung legt man um die Gans herum.
Den Bratensatz kocht man mit wenig Wasser oder Jus los, entfettet ihn, seiht ihn durch und kocht daraus mit etwas Mehl eine sämige Soße.

1/2 kg Rotkohlkopf, 1/4 l Wasser, 4 Eßlöffel Essig, 2 Eßlöffel Zucker, nach Bedarf 4 Nelken, 4 süßsaure Äpfel

Rotkohlkopf raspeln, in Wasser und Essig, mit dem Zucker, den Nelken und den kleingeschnittenen Äpfeln eine gute Stunde kochen lassen.
1 kg **Kartoffeln** schälen, garen und mit feingehackter Petersilie bestreuen.

4. Gang:
Apfel-Schalotte

Den Berliner Pfiff erhält die Apfel-Schalotte, die auf vielfältige Weise zubereitet wird, durch das Hinzufügen von Pumpernickel. Das Wort Schalotte kommt von dem jiddischen *Schalet* und wurde vom französischen Wort *chaud* hergeleitet.

1 kg säuerliche Äpfel, 80 g gewaschene Sultaninen, 3-4 Eßlöffel Zucker, 1 unbehandelte Zitrone, 2 cm Zimtstange, gute Butter, 1 Eßlöffel Rum, 1 Tasse Weißwein, Mischung aus gemahlenem Zimt und Zucker

Die Äpfel vierteln, vom Gehäuse befreien und in feine Scheiben schneiden. Zucker, Rosinen, Zitronenschale und Zimtstange in Weißwein kurz eindämpfen. Achtung, die Apfelscheiben dürfen nicht zerfallen! Zitrone und Zimtstange entfernen. Eine Kasserolle dick mit Butter bestreichen und etwa einen Finger dick mit geriebenem Pumpernickel und Zucker- und Zimtmischung bestreuen. Die Schicht fest andrücken, mit Rum beträufeln und mit Butterflöckchen belegen. In die Form die Apfelmischung füllen. Oben drauf ebenfalls Butterflöckchen und Zucker- und Zimtmischung geben. Eine knappe Stunde backen, bis eine schöne, nicht zu harte Kruste entstanden ist.

Unbekannter Künstler: Berliner Küche, um 1910

Kurthsches Kochbuch: Küche im Königlichen Schloß zu Berlin, 1887

Menü am zweiten Feiertag

1. Gang:
Kurländische Gänsesuppe

Kurland, eine historische Landschaft in Lettland, war bereits im 13. Jahrhundert, als es vom Deutschen Orden erobert wurde, ein fruchtbares Ackerland. Besonders nahrhafte Rezepte in Preußen wurden gern als »kurländisch« bezeichnet.

500 g Gänseklein, 1 kleine geräucherte Gänsekeule (gut gewässert), 1 Suppengrün, 1 Lorbeerblatt, 4 Gewürzkörner, Salz, Pfeffer, 1/8 l saure Sahne, 125 g geriebene Semmel, 1 Ei, Majoran, Schnittlauch

In 2 l Wasser das Suppengrün, Gänseklein, die Gänsekeule mit den Gewürzen 1 3/4 Stunden köcheln lassen. Fleisch von den Knochen lösen und in die Brühe geben. Sahne, Semmel, Ei und Salz zu einem Teig verrühren und Klößchen formen, die etwa fünf Minuten in der Brühe köcheln sollen. Mit Schnittlauch und Majoran servieren.

2. Gang:
Aalpastete

Der Alte Fritz war ein Gourmet, der vor allem Fisch aus heimischen Gewässern liebte.
Überliefert ist, daß er gebackenen Aal und Spickaal als Leckerbissen an den Höfen Europas salonfähig machte. Auserwählten Gästen wie dem Philosophen Voltaire ließ er auf Schloß Sanssouci in Blätterteig gebackene Aalstücke reichen, »Aal im Schlafrock« würden wir heute sagen.
Sein Koch, Noël de Périgueux, auch der Newton des Suppentopfes genannt, mußte sie täglich frisch zubereiten. Als Wein dazu bevorzugte Friedrich II. einen Sancerre von der Loire.

2 mittlere Aale, feiner Cognac, feingewiegte Kräuter wie Petersilie, Schnittlauch, Estragon, Kerbel, fertige Hechtfarce, 1 oder 2 weiße Schrippen, Milch, 1 Ei und 1 Eigelb, zum Würzen: Salz, Pfeffer, Muskat, außerdem einen fertigen Pastetenteig, 100 g Butter, 1 Pastetenform

Aale gut häuten, entgräten und in Stücke schneiden. Die Aalstücken leicht in Butter dünsten (nicht braten!). Einen Schuß Cognac und die Hälfte der Kräuter dazugeben. Kaltstellen.
Hechtfarce mit in Milch erhitzten, zerkleinerten Schrippen, die anschließend gut ausgedrückt werden, mit Ei, Eigelb und den Gewürzen mischen. Kaltstellen.
Am besten eine Fischpastetenform mit Blätterteig auslegen und mit Hechtfarce bestreichen. Abwechselnd eine Lage Aalstücken und eine Schicht Hechtmasse aufhäufen. Immer wieder Kräuter und wenig Cognac über jeder Lage verteilen. Wenn die Form gefüllt ist, ein paar Butterflocken daraufstreuen und anschließend gut abdecken. 1 Stunde bei 180 Grad backen.

Karpen, wie wir sie im liebsten essen.

Auf zwey oder drey Karpen nimmt man zwey Bouteillen Weiß-Bier, eine ganze menge Zwiebeln, Englisch Gewürtz, Pfeffer und etwas Essig, worinnen das Blut der Karpen gelaufen ist, ein groß Stück Butter und gehöhrig Salz. Dieß muß zusammen dick einkochen, und ohngefähr eine halbe oder 1/4 Stunde vorm Anrichten wird eine Vierthel Berliner-Bouteille Weiß-Wein daran gegossen.

In dem Kochbuch »Wie man in Berlin zur Zeit der Königin Luise kochte« von F. C. Fontane, der Urgroßmutter Theodor Fontanes, findet man dieses Rezept, das um 1800 besonders beliebt in der Königsfamilie war.

3. Gang:
Karpfen in Braunbier mit Béchamelkartoffeln

Vergessen Sie beim Kauf des Weihnachtskarpfens nicht, auf rogenreiche Innerei zu achten. Besonders körnerreich, soll er viel Glück verheißen.

1 1/2 kg Karpfen, 1 Flasche Malzbier, 200 g Butter, 3 Zwiebeln; zum Würzen: Salz, Zucker, Essig, 6 Gewürzkörner, 6 Pfefferkörner, 1 Lorbeerblatt, 1 unbehandelte Zitrone, 3 Riegel Fischpfefferkuchen (im Fischgeschäft)

Den **Karpfen** läßt man am besten im Geschäft küchenfertig zubereiten, so daß man ihn nur noch kochen muß. Karpfen in Stücke schneiden und einsalzen und 1 Stunde zugedeckt an einen kühlen Ort stellen. Im einem Kochbuch der Elise Hannemann, »Vorsteherin der Kochschule und des Haushaltsseminars des unter dem Protektorate Ihrer Majestät der Kaiserin stehenden Lettevereins zu Berlin« aus dem Jahr 1908, hat eine Hausfrau auf den hinteren Seiten unter der Notiz »Egon hat mit der Zunge geschnalzt« folgendes Rezept aufgeschrieben: Die Sauce besteht aus Braunbier, sehr viel guter Butter, Zwiebeln mittlerer Größe in Scheiben geschnitten, Salz, Zucker, Essig, einer Scheibe Zitrone mit Schale, Gewürzkörnern, Pfefferkörner, 1 Lorbeerblatt. Sie muß kräftig süß-säuerlich schmecken und gut gesalzen sein. Dazu kommen 3 Riegel Fischpfefferkuchen, die gerieben werden. Alles muß langsam köchelnd 3/4 Stunden ziehen.

Béchamelkartoffeln sind Pellkartoffeln, die in eine Sauce aus Butter, Zwiebeln, Schinken, Zitronensaft und saurer Sahne geschnitten werden. Hugenotten brachten 1689 das Rezept mit an die Spree. Monsieur Béchamel, der Haushofmeister des Sonnenkönigs, war zugleich Verfasser eines berühmten Kochbuchs, in dem auch die Zubereitung dieser Kartoffeln beschrieben wurde. Von den Berlinern wurde das Rezept hochwillkommen geheißen, waren doch Kartoffeln die Hauptspeise in der armen Mark Brandenburg: Erdeppelsuppe in der Früh/Erdeppel zu Mittag in der Brüh/Erdeppel am Abend in der Schal/ macht den Tag dreimal.

30 g Mehl, 100 g Butter, 1/2 l Brühe, 1/4 l süße Sahne, 2 kleine Zwiebeln, 30 g feingehackter Schinken

Zwiebeln zerkleinern und in eine weiße Mehlschwitze geben. Dazu 80 g Butter im Topf auf sehr kleiner Flamme erhitzen und unter dauerndem Rühren Mehl untermischen. Zwiebeln und Schinken dazugeben. Nicht bräunen! Brühe langsam unterrühren, so daß keine Klumpen entstehen. 10 Minuten köcheln lassen und anschließend durch ein Sieb seihen. Zur heißen Sauce die restlichen 20 g Butter und die Sahne, die vorher aufgekocht wurde, dazugeben. Vorsichtig die in Scheiben geschnittenen, gepellten, wenig gesalzenen Kartoffeln unter die Sauce heben. Hat man eine besonders festkochende Kartoffel, so kann man auch ein Loch bohren und die Béchamelsauce einfüllen.

4. Gang:
Mohnpielen

Mohnpielen sind Mohnklöße, die in Berlin vorzugsweise zu Weihnachten oder Silvester gegessen werden. Die Tradition stammt noch aus vorchristlicher Zeit. Je körnerreicher die Nahrung war, desto größer waren zukünftig Glück, Zufriedenheit und Wohlstand. Wer wirklich sichergehen will, sollte das ganze Jahr über ein paar Mohnkörner im Portemonnaie haben, dann bleibt der Geldsegen bestimmt nicht aus.

500 g weißer Mohn, 200 g Zucker, 50 g süße gehackte (gemahlene) Mandeln, 1 winziger Tropfen Bittermandel, je 50 g in 1 Eßlöffel Orangenblüten- oder Rosenwasser (aus der Apotheke) aufgequollene Rosinen und Korinthen, 2 Milch- oder Kuchenbrötchen

Mohn mahlen oder mahlen lassen, mit kochender, gezuckerter Milch zu einem nicht zu weichen Teig rühren. Unter den Teig die restlichen Zutaten mischen. Milchbrötchen in Würfel schneiden und in heißer Milch einweichen. Den Boden einer Glasschüssel – Schicht für Schicht – erst mit Brötchen, darauf Mohnmischung und so weiter bedecken. Die letzte Schicht muß Mohn sein. Kaltstellen und kalt essen.

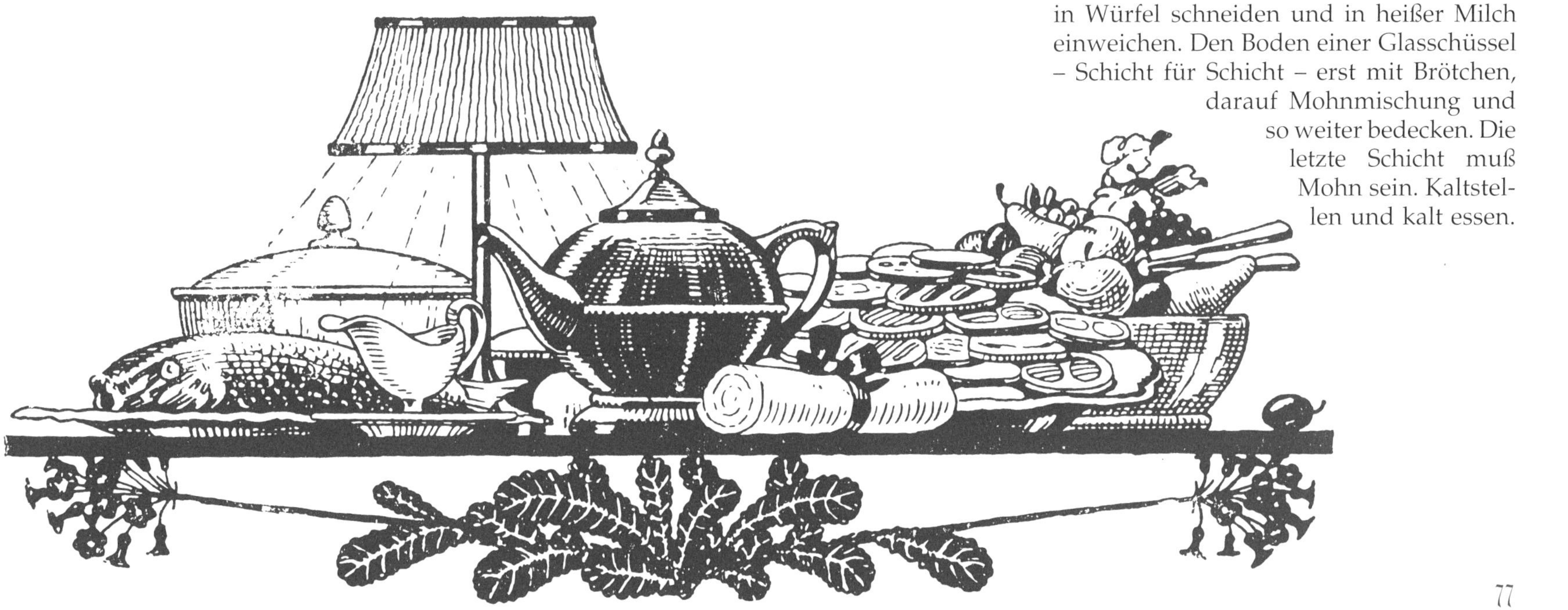

Zum Julgelage: Der Kopf eines wilden Ebers

Wer vor nichts zurückschreckt und ein altes Julgelage veranstalten will, der sollte seinen Gästen statt Gänsebraten oder Kartoffelsalat am Heiligabend nach der Mitternachtsmesse den Kopf eines Ebers servieren. Dazu prangt der Kopf des Ebers als Hauptschmaus auf dem Tisch. In der Uckermark war das Essen eines Eberkopfes noch nach dem Zweiten Weltkrieg verbreitet. Ursprüngliche Jagdfreude und der Glaube, sich damit die Stärke eines wilden Tieres einzuverleiben, waren bei unseren Vorfahren in vorchristlicher Zeit lebendig vorhanden. L. Kurth rät in seinem Kochbuch aus dem Jahr 1887, darauf zu achten, daß das Wildschein, dessen »Kopf bis dicht an die Schulterblätter abgeschnitten« wird, so daß »der größte Teil des Halses daran bleibt«, nicht älter als ein Jahr alt ist. Am besten läßt man sich den Schweinskopf vom Fleischer küchenfertig vorbereiten.

L. Kurth empfiehlt folgendes Rezept: »Man kocht ihn sehr langsam 2 Stunden in einem sehr großen Topf in Salz, 3 Lorbeerblättern, 1 Eßlöffel Basilikum, 1 Teelöffel Thymian, 5 zerdrückten Wacholderbeeren, 1 Schuß Essig und in einer Flasche oder in mehreren Flaschen trockenem Wein.
Den Kopf läßt man außerhalb des Suds erkalten, schmiert die Augenhöhlen mit Schmalz aus und drückt in die Mitte jeweils ein Gewürzkorn. Hat man keine Hauer, so schneidet man ein Paar aus einer recht weißen Wasserrübe und steckt sie in die Schnauze. Nun umkränzt man den Kopf mit Buchsbaum, Myrtenzweigen und natürlichen Blumen.«

Das Fleisch, vor allem die Halsteile, wird mit Weißbrot gegessen. Dazu reicht man fertige Cumberland- und Remouladensoße. Guten Appetit!

Quellennachweis

Abbildungen

S. 8 Franz Müller Münster, Monatsbild aus dem »Goldenen Tagen, Kalender für die Deutsche Jugend 1908«
S. 10 Edmund Herger, Bleigießen der Mägde in Thüringen, um 1890
S. 12 Aus einem Münchener Bilderbogen, um 1900
S. 30 Baumkuchen: Kurthsches Kochbuch, Leipzig 1887, S. 563
S. 30 Bogssches Kochbuch, o.J., S. 300
S. 32 Ferdinand Hirt, Neue Schreib-Lese-Fibel Nr. 1, Breslau 1933, S. VI
S. 36 Ferdinand Hirt, Neue Schreib-Lese-Fibel Nr. 1, Breslau 1933, S. 67
S. 39 Karl Seitz, Weihnachts-Album für die musikalische Jugend, Quedlinburg o.J., Abb. II
S. 41 Karl Seitz, Weihnachts-Album für die musikalische Jugend, Quedlinburg o.J., Titelblatt
S. 43 Fürs Kinderherz, Heft 27, Konstanz o.J., S. 3
S. 44 Ebenda, Heft 27, Konstanz o.J., S. 15
S. 64 Carus (Arthur Krause), aus: Kinder u. Tiere, Schattenbilderbuch für kleine Leute, Bd. 2, Berlin o.J., S. 24
S. 68 Vignette, Bauersche Gießerei, Frankfurt/M.
S. 69 Bogssches Kochbuch, o.J., S. 159
S. 70 Kurthsches Kochbuch, Leipzig 1887, S. 1
S. 71 Aus einem Münchener Bilderbogen, um 1900
S. 72 Schattenriß aus: Allerlei, von Paul Konewka, Der Schatzgräber Nr. 93, München o.J.
S. 72 Bogssches Kochbuch, o.J., S.141
S. 73 Das Buch der Braut, Berlin 1913, S. 19
S. 74 Kurthsches Kochbuch, Leipzig 1887, Abb. 1
S. 75 Aus einem Münchener Bilderbogen, um 1900
S. 76 Das Buch der Braut, Berlin 1913, S. 24
S. 77 Bogssches Kochbuch, o.J., S. 404
S. 78 Kurthsches Kochbuch, Leipzig 1887, S. 247

Alle nicht ausgewiesenen Abbildungen entstammen dem Archiv Dr. Renate Steinchen.

Texte

S. 10 Friedrich v. Klöden: Die Quitzows und ihre Zeit, Berlin 1889
S. 14 Carl Seidel, Weihnachtsmarkt, 1830, aus: Heinz Köhler, Feste in Berlin, Berlin 1885
S. 15 Friedrich Wilhelm August Schmidt von Werneuchen, Der Heilige Abend vor Weihnachten, aus: Musen und Grazien in der Mark. Gedichte von F.W.A. Schmidt von Werneuchen, Berlin 1889
S. 16f Paula Dehmel, St. Niklas' Auszug, aus: Das grüne Haus, Köln o.J.
S. 20ff Willibald Alexis, Weihnachtsmarkt 1835, aus: Vossische Zeitung, Dezember 1835
S. 24 Walther Gottheil, Der Weihnachtsmarkt (gekürzt), aus: Walther Gottheils Berliner Märchen, Berlin o.J.
S. 26f Agathe Nally-Rutenberg, Weihnachten im alten Berlin, aus: Das alte Berlin. Erinnerungen von Agathe Nally-Rutenberg, Berlin 1912
S. 36 Adelheid Mommsen, Weihnachten bei Theodor Mommsen, aus: Theodor Mommsen im Kreise der Seinen. Erinnerungen seiner Tochter, Berlin 1936
S. 42 Ako (A.E. Locher), Ich verkaufe Weihnachtsbäume, Berlin o.J.
S. 43 Else Ury, Nesthäkchen im weißen Haar, Berlin 1925
S. 50 Alter Quempasgesang aus der Mark (Rummelsburger Quempas), aus: Wilhelm Thomas, Der Quempas geht um. Vergangenheit und Zukunft eines volksdeutschen Christnachtsbrauches. Kassel 1938
S. 51 Die Kurrende, aus: Rudolph Marschner, Humorvolles Berlin, Berlin 1902
S. 52 Christkind, aus: Knecht Ruprecht, Illustriertes Jahrbuch für Knaben und Mädchen, Hrsg. v. Ernst Brausewetter, Köln 1900
S. 54 Paul Gerhardt, Kommt, und laßt uns Christum ehren, aus: Evangelisches Kirchen-Gesangbuch, Berlin 1951, S. 29
S. 56 Kurt Tucholsky, Weihnachten, aus: Gesammelte Werke in 10 Bänden, Hrsg. v. Mary Gerold-Tucholsky, Fritz J. Raddatz, Bd. II, 1919–1920, Reinbek 1975, S. 244, © 1960 by Rowohlt Verlag, Reinbek
S. 57 Joachim Ringelnatz, Schenken, aus: Gedichte von Einstmals und Heute, Berlin 1935, © by Diogenes Verlag, Zürich
S. 62 Bettine von Arnim, Weihnachten 1846. An ihre Schwester Kunigunde von Savigny, aus: Bettinens Briefe an Geschwister und Verwandte, Berlin 1896
S. 63 Theodor Fontane, Weihnachten 1859. An seine Mutter, aus: Fontanes Briefe in zwei Bänden, Bd. 1/2, Berlin und Weimar 1968
S. 65 Joachim Ringelnatz, An seine Freundin Annemarie Ruland, aus: Joachim Ringelnatz, Briefe, Berlin (DDR) 1988, © by Diogenes Verlag, Zürich